当代作家精品·散文卷

主编　凌翔　王晓霞

流动的马灯

侯炳茂 / 著

中国画报出版社·北京

图书在版编目 (CIP) 数据

流动的马灯 / 侯炳茂著 . -- 北京 : 中国画报出版社 , 2023.6
（当代作家精品）
ISBN 978-7-5146-2118-1

Ⅰ . ①流… Ⅱ . ①侯… Ⅲ . ①散文集－中国－当代
Ⅳ . ① I267

中国国家版本馆 CIP 数据核字（2023）第 073114 号

流动的马灯

侯炳茂　著

出 版 人：方允仲
责任编辑：李聚慧
责任印制：焦　洋

出版发行：中国画报出版社
地　　址：中国北京市海淀区车公庄西路 33 号　邮编：100048
发 行 部：010-88417410　010-68414683（传真）
总编室兼传真：010-88417359　版权部：010-88417359

开　　本：16 开（710mm × 1000mm）
印　　张：13
字　　数：171 千字
版　　次：2023 年 6 月第 1 版　2023 年 6 月第 1 次印刷
印　　刷：三河市中晟雅豪印务有限公司
书　　号：ISBN 978-7-5146-2118-1
定　　价：59.80 元

作者简介

散文集《流动的马灯》作者侯炳茂，陕西省凤翔县人，1936年12月16日出生，1951年2月参军，随即入朝参加抗美援朝战争，曾任第六十四军军医院卫生员，在朝鲜战场上荣立三等功。抗美援朝战争结束回国后，在师医院任军医、所长、院长，并再度荣立二等功、三等功各一次。1994年从解放军总医院正式退休。74岁时开始散文创作，创作了大量反映火热生活的散文佳作。其中，首篇散文《会唱歌的金达莱》发表于2010年6月20日的《中国文化报》上。之后，一发不可收，散文《顶水罐的朝鲜女孩》获第六届全国冰心散文奖，散文《又见到野樱桃》《一封未寄出的信》均获《解放军报》长征文艺奖，散文《防空洞前紫藤开》被选入《解放军报》年度散文排行榜，散文《巴金在三八线上》《前线，她给巴金当向导》被上海巴金文学馆收藏。侯炳茂现为中国散文学会会员、《解放军报》长征副刊特聘专栏作家。图为2020年10月，他喜获中国人民志愿军抗美援朝出国作战70周年纪念章时的留影。

十年，老兵的故事没讲完

乔秀清

志愿军老兵侯炳茂的散文集《流动的马灯》即将出版，炮火与鲜花齐放，硝烟与芭蕾共舞，来自三八线的真实故事，如美丽的金达莱，生动鲜活地展现在读者面前。

我与侯炳茂同志是在十年前军休所组织的一次春游中认识的。那是一个阳光灿烂的春日，京郊果园桃花飞霞、梨花堆雪，几十位参加春游的军休干部陶醉在迷人的春光里，彼此开心地交谈着。他走到我面前，自我介绍："我叫侯炳茂，今年74岁，参加过抗美援朝战争，我肚子里有好多三八线上的故事，可是我不会写，只好烂在肚子里。听说你是诗人、散文作家，我拜你为师，你教我写作好不好？"

望着他那真诚憨厚的样子，我对他说："我比你小10岁，怎敢当你老师！这样吧，咱们以后做好朋友。”

隔了几日，老侯登门拜访，手里提着一个文件袋，里面装的是保存多年的抗美援朝的有关资料。他告诉我：“14岁那年，我在家乡陕西凤翔县一所学校加入了共青团，随后参军来到抗美援朝战争前线。那时我年龄小，个子矮，体重只有70斤，志愿军的军装对于我来说没一件合适的，又肥又大。我所在的野战救护所的姐姐们帮我剪裁修整，开玩笑说：小侯，你真像瘦猴子。从1951年入朝作战到1953年胜利回国，我和救护所的战友们在炮火硝烟中度过了难忘的岁月，许多往事历历在目，可是我不知道怎么写。”

我对老侯说：“相比长篇巨著的回忆录，选择印象最深的人和事，写成千字左右的纪实散文会更适合你。”

老侯说：“那就先写我护理过的一位被敌机炸伤的女文工团员。她长得很漂亮，像盛开的金达莱，又有一副金嗓子，唱歌很好听。”

我突发灵感，对老侯说：“你写吧，题目就叫《会唱歌的金达莱》，写出的初稿我帮你修改。”

几天后，老侯带着初稿来到我家，他说这是第一次写散文，感觉手中的笔很沉重，写起来很费力。我和老侯逐字逐句地推敲修改，从用词、描写乃至抒情，仔细琢磨，两千字的稿子改了三四遍。稿子发出后，先后被《解放军报》和《中国文化报》刊登。老侯的处女作一炮走红，激发了他的写作兴趣，他又想写心中的故事，先讲给我听，问我怎么写。我被老侯讲的每一个故事强烈地感染着，甚至梦里都沉醉在他的故事里，真正尝到了泪花打梦的滋味。有一次我梦中帮老侯修改稿子想到的一些话，现实中还真的用上了。帮老侯改稿，在报刊上发表，让更多的读者了解三八线上的故事，对我来说是不能推脱、不容懈怠的责任。十年的光阴里，老侯隔三岔五来到我家，给我讲他经历的抗美援朝的故事，然后一篇接一篇地写下去，写出初稿就拿来让我修改，他说只要我认可，他就放心了。算起来，我帮他修改了三十多篇稿子，全部在报刊上发表了。如实讲，老侯的故事生动感人，我的修改只是在文字上润色，算是锦上添花吧。

老侯非常感激我帮他修改文章所付出的心血，他视我为亲兄弟。我因颈椎手术行动不便，老侯悉心照顾，多次到门诊部为我开药，到食堂给我买饭，陪我参加必要的社会活动。他先后同我一起到河南、河北、上海和东北地区参加书法笔会。记得我们一起去上海参加书法活动，晚上住在滴水湖宾馆，那时老侯正酝酿着写志愿军第十九兵团文工团团长陈同和的故事。连续几个晚上，老侯断断续续地给我讲述陈同和的故事，那位团长与文工团员刘敬霜在防空洞举办完婚礼，在新婚的第一百天，在率团慰问演出途中遭遇敌机轰炸，光荣牺牲了。战友们来到文工团陈同和团长新婚时的防空洞前，只见紫藤花依旧盛开着。我对老侯说，你写有关文工团团长陈同和的散文，题目可以叫作《防空洞前的紫藤花》。

或许是因为被文工团陈同和团长的故事深深感动，我长夜难眠，心想怎样才能帮助老侯把这篇散文写好。翌日清晨，我对老侯说，快起来，准备好笔和纸，我帮你想好了稿子的开头，写文工团团长在防空洞中的婚礼。这篇散文的开头是这样写的：“天空冷不丁地飘起雪花，雪花飞舞着、旋转着、飘落着，给山顶戴上了雪冠，给松林披上了银装，给大地铺上了雪毯。哇！这分明是一场喜雪啊！真是老天会意，雪花知情，特意为志愿军第十九兵团文工团的陈同和、刘敬霜两位同志即将在朝鲜黄海南道石头里防空洞举行的婚礼，布置好了如此壮观的雪景。分散在沟沟岔岔松林里居住的文工团团员们陆陆续续踏雪赶来，雪花亲吻着他们的脸，把他们打扮成一个个雪人，远远望去，像翩翩飞舞的玉蝴蝶。”

老侯将初稿写好后，我们一起推敲修改了好几遍，经过几番考虑，我又替老侯想好了稿子的结尾：“防空洞附近，紫藤花依旧盛开着，因炮火硝烟的熏烤，花色并不俏丽，但透出生命的倔强，而那紫色藤蔓，恰似铁骨铮铮，这大山深处的紫藤花，不畏环境恶劣，不与百花争艳，在孤独寂寞中守候着春天。”

我对老侯说，有一位大学的文学教授说过，写散文要努力做到“凤头、猪肚、豹尾”。我们应该把这句话作为散文创作的准则。老侯说，他写散文，有两个难点，一是开头结尾，二是写景抒情，要我多指点。

我多次告诉老侯，散文与回忆录不同，要讲究文学艺术，如同做衣服，选好布料后，要精心剪裁和缝纫。光有好布料，剪裁和缝纫技术不行，做不出好衣服；光有好故事，没有文学功底和技巧，写不出好散文。老侯暗自下功夫，阅读散文经典，这对于一位长期担任医生和医院院长的医疗技术干部来说，是一项长期的文学补课。

人到暮年，应该活得轻松、舒适、安逸，但是老侯却把暮年当青年，把晚途当征途，他从年逾古稀踏上崎岖的文学之路，十年来，艰难行进，阅读着、思考着、写作着，这种执着追求和拼搏精神让许多熟悉他的人折服。他一个接一个地把故事讲给我听，诚恳地想在写作上得到我的指导和帮助，因此我俩成了形影不离的好朋友。每当我得知他的文章在报刊上发表了，便赶快找来阅读，分享收获后的喜悦。亲爱的朋友们，如果你有幸读到老侯的这些关于抗美援朝的散文，你不仅会了解到那场战争的残酷，而且会感受到志愿军是怎样英勇顽强、英勇善战和不屈不挠的，更重要的是，能发现战争中隐藏的真善美，给灵魂留下难得的芬芳。

1985年诺贝尔文学奖得主克劳德·西蒙说过：“生活不仅充满了喧嚣和愤怒，它也有蝴蝶、花朵、艺术品。”是的，抗美援朝战争前线，炮火纷飞，硝烟弥漫，而春天如期而至，美丽的金达莱、道拉基（桔梗花）、野樱桃等各色的山花烂漫地绽放，志愿军官兵用鲜血和生命谱写着一曲曲撼人心灵的乐章。在老侯的记忆里，往事并未灰飞烟灭，而是刻骨铭心。他在回忆中发掘美，在写作中创造美，给人们提供“灵魂的食物”。

近十年，是侯炳茂老人从古稀步入耄耋的十年，也是他在文学创作方面从起步到收获的十年。在十年的光阴里，老侯成了我家的常客，只要我家门铃一响，十之八九是老侯来了，或给我讲故事，或让我改稿子，我把他当成忘年交，他却把我当成了“文学老师”。我想，老师也罢，知音也罢，同事战友是真，志同道合是真，我们在文学道路上一路前行。十年耕耘，老侯有了可喜的收获。自十年前他的处女作《会唱歌的金达莱》在《中国文化报》和《解放军报》上刊登后，一篇篇散文佳作陆续见诸报端。2013 年，散文《又见到野樱桃》荣获《解放军报》首届长征文艺奖；2014 年，散文《顶水罐的朝鲜女孩》荣获第六届全国冰心散文奖；2018 年，散文《一封未寄出的信》荣获《解放军报》第六届长征文艺奖；2018 年，散文《防空洞前紫藤花开》在《解放军报》发表后荣登当年的年度散文排行榜；散文《巴金在三八线》和《前线，她给巴金当向导》被上海巴金文学馆收藏。炳茂老人现在已经成为中国散文学会会员、《解放军报》长征副刊特聘作家。

最近，老侯紧锣密鼓地筹备出版散文集，他挚意让我为之写序，强调非我莫属。因为他的每篇散文都经过我修改，我为避邀功之嫌而再三推辞。怎奈老侯主意已定，非让我写序不可。我是个生来就不想讲假话也不会讲假话的耿直人，相信“一句真话比整个世界的分量还重”，我虽一直帮老侯改稿并把关，但充其量，我不过是在文学技巧和文字修饰上尽了一点绵薄之力，真实的故事是属于老侯的。

老侯对我说：抗美援朝的故事没讲完，他想继续讲给我听，让我帮他一一写出来，希望更多的人了解他的故事……

（乔秀清，笔名樵夫，军旅诗人，散文家。曾任解放军总医院政治部副主任。现任中国散文学会理事，中国散文诗学会会员，《解放军报》长征副刊特聘专栏作家，出版散文集《柳笛》《洗脸盆里的荷花》，诗集《彩雪》。曾获第四届全国冰心散文奖。）

只有岁月可回头

——读侯炳茂散文集《流动的马灯》有感

红孩

志愿军老战士侯炳茂是我的老朋友，我这么说，有点没大没小。但对写作而言，就世界观而言，这么说，似乎也无可厚非。记不得是哪一天与侯老初见的了。印象中，是在十年前的一个夏天，在解放军总医院附近的一个餐厅，军旅诗人、书法家乔秀清做东张罗一帮文友吃饭。其中，有我的老师王宗仁先生，还有王贤根、宁新路、刘冬梅等人，都是熟人，见面无须过多的客套，抄筷子举杯子开吃开喝即可。席间，有个老者坐在一旁不动声色。乔秀清便向我们介绍，这老兄是总医院的老同志，当过医生，也当过院长，师级干部，是抗美援朝老兵。老乔的话不多，但瞬间让我对这个老人生出无限的敬意！

不久，老乔给我打电话，说侯老写了一篇文章，关于抗美援朝题材的，希望我在《中国文化报》上发一下。我说，志愿军老兵写的文章必须重视。老乔说，他帮助润色了好几遍，还有什么问题，那就看我这个大编辑的了。侯老写的文章咋样我不清楚，但和老乔认识 20 年，他的文字还是很有功底的。我想，经过老乔的把关，应该问题不大。几天后，侯老让他们军休所的干事小马给我发来了散文《会唱歌的金达莱》。我读后，一下被侯老的经历给吸引住了，马上决定让文章就在本周内见报。应该说，《会唱歌的金达莱》是侯炳茂的处女作。由此，他开始了散文写作，这一年是 2010 年，侯老 74 周岁。

侯炳茂系陕西凤翔人，14 岁就参加志愿军到朝鲜战场。在战火纷飞的日子里，他从一个小卫生员，成长为一名英勇的战士。他那时并没有做文学的梦，他所有的理想和希望就是多救治几个伤病员，盼望着战争早日结束。正如他日后写的散文《战争让女人来不及羞涩》，他是真没有为文学做准备的。好在他的记忆力相当惊人，在他的脑海里储存了无数个动人的故事。我很羡慕老乔和侯老之间的交往，他们在一个单位，住在一个军休所，几乎每天都可以见面。侯老对文学，包括对书法、美术很虔诚，虽然他 70 多岁了，可他甘愿当小学生，向老师学习请教。据我所知，他在文学上是把老乔当老师看的，而在书画上则拜另外两位大学教授为师。每周他都要坐公交车到老师的工作室学习书画。

我在主持报纸副刊期间，先后为侯老发表了散文《会唱歌的金达莱》《流动的马灯》《顶水罐的朝鲜女孩》《战争让女人来不及羞涩》《阿妈妮的苏嘎儿》《前线，她给巴金当向导》《临津江漂流的花瓣》等近10篇散文。我对侯老说，以您的经历，暂时不要写别的题材，就写抗美援朝，仅就我的阅读范围看，全国似乎还没有一本写抗美援朝题材的个人散文专著。侯老说，怕写不好。我说，没关系，您只管写，后面的事有老乔和我。就这样，十年间，侯老陆续写了将近40篇散文，除了我主编的《中国文化报》外，他还在《解放军报》《中国国防报》《中国财经报》《中国艺术报》《军休之友》等报刊发表作品，并且获得了第六届全国冰心散文奖。同时，由于他的顽强努力，他还加入了中国书法家协会、北京美术家协会。朋友们都说侯老是大器晚成，我则说，他是老当益壮，正逢人生第二春。

关于散文，我写过很多理论文章。我说，文学就是我的经历。每个作家，都有自己熟悉的题材，抑或是都有自己的文学故乡。某日，我与老乔、侯老、王贤根及王宗仁老师一起吃饭，话题谈到作家与故乡。我看了看在座的每一位，发现每个人都有自己的一亩三分地。王宗仁出身陕西，可他的大部分作品都取材于青藏高原。老乔十七八岁投身军旅，写得最多最好的却是河北老家滹沱河。王贤根长期工作在工程兵部队，以写纪实文学见长，近年的散文主要写老家义乌的山水和风土人情。我出生在北京郊区，后到京城媒体工作，现在创作的散文、小说大部分取材于大运河沿线。我们这批写作者，散文都有共同的特点，即从细节出发，注重情感的表达与升华。我曾说，散文不抒情还叫散文吗？

侯老写散文像画工笔画一样，对细节的挖掘十分深入，为了核实某个人物，或者某个故事，他千方百计去找昔日的老战友，哪怕是去沈阳去丹东，他都在所不惜。有时为了写好人物，他接连几天去老战友家采访聊天。采访回来后，他会把见到的听到的一切讲给老乔和我听。每次，我都是在他的讲述中被感动被触动，有时我会激动地对他说，就写这段，就用这句话做标题，如《战争让女人来不及羞涩》《一封未寄出的信》。

2020年，是中国人民志愿军抗美援朝出国作战70周年，党和国家对此非常重视。习近平总书记发表了重要讲话，我在电视机前聆听时感到心潮澎湃，仿佛又看到了《谁是最可爱的人》《三千里江山》《昨天的战争》《上甘岭》，听到了《我的祖国》《英雄赞歌》《中国人民志愿军军歌》等系列经典作品。我很庆幸，我能结识侯炳茂这位抗美援朝老兵，即使他不像黄继光、王海那么有名，他的散文也不一定成为经典，但他的人品、作品仍然给我留下深刻的记忆。我常想，如果我80岁了，还能否像侯老这样，始终保持着中国军人那样的朝气，每天有使不完的力气，在艺术的道路上不断耕耘不断收获？

侯老在很多场合，经常说我的作品对他影响很大，他甚至能说出我许多作品的细节。我知道，他是个对生活处处有心的人，往往一句话一个细节就能引发他的共鸣。如此，我们的心灵是相通的。我隐约觉得，他这部抗美援朝题材散文集的出版，有着填补某些空白的意义，是关于文学的，也是超越文学的。正像我们所走过的岁月，越回味越有滋味。愿侯老把抗美援朝的散文继续写下去，为自己写，为新中国的历史写，也为未来写。

2020年11月2日于西坝河

（红孩，中国散文学会常务副会长、散文作家、文学评论家。）

目　录

会唱歌的金达莱

站在山岗上，眺望着那漫山遍野的金达莱，她正迎着初春的朝霞，绽放着粉红的笑脸，散发着浓郁的芬芳，一串串一簇簇，好像为曾战斗在这块土地上的勇士们献上她心中的敬意。

我出生在陕西关中渭河北塬上，在这个季节只见过家乡的杏花、桃花和金灿灿的迎春花，还是第一次在这异国他乡的山坡上见到这么多鲜艳的、粉红的金达莱花。我仿佛身处在万花簇拥的花海里。

这是 1953 年的春天。我所在的中国人民志愿军第六十四军野战医院第一战地救护所，由三八线前线的大乌里，转移到了四面环山、幽静的小山村——地镜洞。这个小山村很隐蔽，便于防空，村里仅有几户人家，零散点缀在苍翠的松林覆盖的山坳里，一条蜿蜒的小溪由村中穿过，碧绿清澈的溪水一眼见底，潺潺的流水声，好似在欢迎志愿军的到来。

我们护士排三班刚来时被暂时安排在一个姓朴的人家，家中只有老阿爸基（大伯）和阿妈妮（大妈）。据说年轻人都上前线了，两位老人看见一群年轻的志愿军战士来到村里，像迎来久别的亲人，非常热情，让我们巴里巴里（快快）进家。我们被老人好客的热心肠感动了，一种乍来的陌生感瞬时消失，真有像回到家的感觉，直喊："高马思密达（谢谢）！"随着老人引导鱼贯而入，进院子后放下行装立即开始整理卫生、打扫院子，收拾闲置的草房，铺草、搭地铺。我口渴了，问阿妈妮："木尔一扫（有水吗）？"她走进灶房一看，水罐里没有水了，说："奥不扫（没有了）。"立即拿出一个小草圈往头顶一放，然后把水罐顶在头上，并招呼我："丫洞目，一路瓦（小同志，跟我走）。"我随后跟着走，阿妈妮一边走一边问我："丫，迈晒那（几岁了）？"我说："要尔它士（15岁）。"她瞪大双眼惊讶地说："阿一羔，交古满，撒那米（小孩子呀）。"不一会儿，我们来到山崖下的泉水边，清澈的泉水像开了锅似的不停地从泉眼里涌出，她麻利地用葫芦瓢打满一罐水。我舀了一瓢水，一咕噜喝了半瓢，真甜呀！我要帮她抬水，她笑着摆手示意不用。而后又将水罐顶在头上，轻悠悠地往回走，还不用手扶，水罐稳稳地待在头顶上，我由衷地佩服她顶水的功夫。

所里让我们抓紧时间在山沟松林里挖防空洞，搭建草棚房，准备迎接伤病员和工作人员居住。在施工中，我们严格遵守上级关于爱护朝鲜一山一水一草一木的指示精神。尽管在阿妈妮家只住了几天，但彼此之间已经很熟悉了。离开了她家后，我们还抽空帮她春耕、干农活。老人伸着大拇指说："基温贡，乔思密达（志愿军真好）。"我说："很嘎正（同是一家人）。"听了我的话，阿妈妮会心地笑了。

不久，救护所又展开了紧张的战伤救治工作，经常有伤病员从前线送来，有的重伤员不能自理，我们除了医疗外还要给他们护理、送水、喂饭……

有一天傍晚，天色刚刚暗下来，从前线又送来了一批伤员，其中有一位兵团文工团女团员，姓卢，与我同岁。一脸稚气，短头发，眉清目秀，她是在下部队慰问演出，在排练场遭敌机轰炸时受伤的，右臂和左下肢受了伤。刚来时的伤势很重，由于失血、疼痛，处于休克状态，经抢救后才逐渐清醒过来。虽然伤情很重，但她很坚强，苏醒后问医生的第一句话就是："我还能跳舞吗？"当听到医生回答"能，一定能"后，她露出了灿烂的笑容——因失血过多，苍白的脸上露出红晕，疲惫的双眼也明亮了许多。

经过一段治疗后，小卢伤情大有好转，还常抱着一本厚厚的书看。我问她："看的什么书？"她说："《钢铁是怎样炼成的》，一本写苏联英雄保尔·柯察金的书。"她还断断续续地给我介绍了书中的故事。那时，我还是第一次知道保尔·柯察金，知道尼古拉·奥斯特洛夫斯基的名著《钢铁是怎样炼成的》。

那天，我扶着她走出草屋病房，带她轻轻地坐在山坡松树下，她因受伤已经多日未出屋，户外春日的晨曦，蓝天白云，群山如黛，和煦的阳光让她眼睛一亮，多日来的沉重心情仿佛一下子烟消云散。尤其当她惊喜地看见对面的山坡上的红艳艳的金达莱花、微风又送来一阵阵温馨的清香时，她天真地嫣然一笑，露出了两个小虎牙，脸上的小酒窝好像更深了。这一瞬间被女护士班班长石景云大姐看见了，她说："小卢，你看你高兴起来，笑的样子多像金达莱花一样美丽呀！"在周围树林里休养的伤病员听到班长的赞叹，也都为小卢能够走出病房、来看旷野的春色，高兴地笑出了声。大家高兴的场面被路过的阿妈妮看到了，她也走过来关切地问："要洞目，么呀（女孩怎么了）？"她一边问一边弯下身看小卢受伤的腿。老人看她这么小的年龄负了伤，怜爱的心难以言表，眼泪也不由自主地湿润了双眼，并和蔼地嘱咐小卢好好地养伤。阿妈妮气愤地说："美帝平机那巴（美帝飞机坏蛋）。"小卢也感动地说："阿妈妮，高马思密达（谢谢您）！"此后，阿妈妮隔三岔五来病房看望小卢，还送来自家腌好的咸菜，一再嘱咐我要精心照护小卢。阿妈妮把我们当作她的孩子，跟村里人夸耀："我家新添了阿得儿（男孩）和答儿（女孩）。"

随着小卢逐渐能自理生活了，布谷鸟清脆的欢叫声更加嘹亮，唤醒了沉睡的山谷，也喊醒了睡梦中的小卢，激起了小卢练声的热情。这之后，她常忍着伤痛慢慢走出病房活动，练练嗓子。大家知道她是文工团团员，都欢迎她唱歌。她也很大方地应声而唱。她还应护士长的要求，教护士们唱《歌唱祖国》以及朝鲜歌曲《阿里郎》《金日成将军之歌》，等等。我们这个静谧的山沟沟，仿佛因了她的歌声而变得欢快起来，大家亲切地称她为“会唱歌的金达莱”。

没过多久，由于小卢受伤面积较大，还需进一步植皮治疗，医生决定让她回国，转到后方医院继续接受治疗。

小卢要与我们分别了，大家都依依不舍。临别时，她同医生护士们一一握别，之后紧紧握住我的手说：“听说你最近立三等功了，还被评为优秀青年团员，祝贺你！以后咱们常写信行吗？”我点了点头，她笑了，笑得依然是那么灿烂，那么甜美，那么像一朵盛开的金达莱。

时光荏苒，我们在蹉跎岁月里容颜已老，不再年轻。且半个世纪过去了，我再也没有接到小卢的任何消息。她既不是指挥千军万马的将军，也不是顶天立地的大英雄，在我的眼里，她只是一个普普通通的小女孩。但她在朝鲜战场上表现出的青春活力和坚强意志，却深深地印刻在我的记忆里。她像一朵美丽的金达莱，一直在我心里盛开着，永远不会忘记。

原载于2010年6月20日《中国文化报》。《解放军报》于2010年9月9日转载。

流动的马灯

夜，渐渐暗下来，天空飘着雪花，凛冽的寒风卷着雪花漫天飞舞，仿佛织成了一张大网，网住了天空，网住了群山。此时，敌机的轰鸣声和炮弹的呼啸声停了下来，战地的夜显得格外寂静，仿佛能听到雪落的声音。

那是 1951 年入冬后的一个风雪之夜。我所在的战地救护所又接到新的任务，三八线阻击战胜利后，部分伤员从前线被转送到我们这里来救治。石景云班长叫几个战友分头去通知医生们。我被分配给外科陈恩济医生，陪她一起出诊救治伤员。陈恩济是从医科大学刚毕业的女医生，身材高挑，一双聪慧的大眼睛炯炯有神，脸上总是洋溢着笑容，嘴角镶着甜甜的小酒窝儿，热情开朗中隐着淡淡的羞涩。她头上戴着绒棉军帽，露出两条齐肩的黑辫，一身朴实可体的志愿军军装，俊秀中透出几分英武之气。她大学刚毕业就响应祖国的号召，和一批支援抗美援朝的医生一起奔赴前线。为了抢救伤员。她经常废寝忘食、夜以继日地工作，被大家称为“美丽的白衣天使”。

我是陈医生的小帮手、老搭档，多次陪她夜间出诊。我提着马灯为她引路，翻过一座座大山，跨过一条条小溪，大山的夜再黑，也淹没不了马灯的光亮。这盏流动的马灯是银灰色的，普普通通，由铁架、油壶、玻璃罩、护网、烟孔和提手组成。在志愿军伤病员心目中，它是战地之夜闪光的红宝石，绽放的红玫瑰，也是生命的希望。而我和陈医生则将这盏马灯视为最亲密的战友，那火红的灯芯是它燃烧的激情。当年，我刚满 14 岁，比陈医生矮一头，陈医生比我大 10 岁，她一直把我当作小弟弟。

那天夜晚，雪大路滑，我提着马灯给陈医生引路，上山下坡我总是扶着她，生怕她滑倒。她的头上落满了雪花，眉毛上也挂着雪花，简直变成“白雪公主”了。但我发现，陈医生脸上却冒着热汗，雪花落在她的脸上，很快就融化了。马灯映照着她那被雪水浸润的脸，更显得容光焕发。她因为心急走得快，一不小心滑了一下，差点儿摔倒，眼镜不知摔到哪里去了。

“小侯，糟啦，没了眼镜，我怎么赶路，怎么给伤员做手术，快帮我找找。”听得出来，她的语调焦急而恳切。

“陈医生，你别着急，有马灯照明，我一定能帮你找回眼镜。你别乱动，小心踩坏眼镜。”我一边安慰她，一边提着马灯在雪地里寻找着眼镜。

雪还在下着，飘飞的雪花，扑打着马灯，灯光微弱而迷离。借着灯光，我终于在山峁上的一个小雪坑里，发现了陈医生的眼镜，这对陈医生来说，无疑是一个惊喜，她高兴得在雪地上跳了起来。

“小侯，谢谢你！”陈医生感激地说。

“甭谢我，要谢就谢这盏马灯吧！它长着一双眼睛，能把黑夜看穿！”我举起马灯对陈医生说。

不多时，我们来到抢救伤员的防空洞，等待救治的是一位下肢重伤的伤员。伤员还固定着夹板、扎着止血带，根据伤情，需立即做手术。陈医生吩咐我用马灯照明，配合手术。麻醉、清创、缝合，陈医生一双灵巧的手在马灯下不停地忙碌着，她的脸上沁满了汗珠，近一个小时，终于顺利完成了手术。因失血、疼痛而休克的这名重伤员，逐渐苏醒过来，醒来后的第一句话是：“阵地还在吗？”大家都被他这句话深深感动了，告诉他：“阵地还在，我们已经胜利了！”是欣慰，是激动，还是喜悦，这位伤员眼眶里顿时涌出了泪水。

抢救完这名重伤员后，夜已很深了，大家劝陈医生回去休息，但她执意还要去巡诊，因为她心里还惦记着其他的伤病员。

我又带上三件宝——马灯、药袋、三八枪，随同陈医生出发了。

昏黄的灯光，在寒气袭击中微微颤抖，尽管照的亮不远，但它毕竟给我们带来了光明。在风雪交加的夜晚，没有光明，我们将寸步难行。

突然，远远传来敌机的轰鸣声，由远而近。我迅速用棉大衣将马灯裹住，避免敌机发现光亮，并立即用三八枪鸣枪示警，让大家防空。枪声在山谷里回响，打破了雪夜的宁静。我们又继续前行，因路滑，我一不留心跌倒了，把马灯摔了出去，滚了好几个圈，但灯还有点光亮。我不顾一切地爬过去，竖起马灯，真想对它说："你好坚强啊！"

雪越下越大，天空似乎亮了许多，眺望远山，山顶显露出起伏的轮廓。

当临近防空洞时，或许是伤员们望见了马灯的光亮，便高兴地喊了起来："来了！来了！医生来了！"

走进防空洞，陈医生仔细察看了每一位伤员的伤情，并嘱咐我给伤员们发放消炎药。当时，我们发现一个上肢受伤的伤员，血液已经浸透了敷料和绷带，陈医生迅速打开绷带，查看伤口，并立即做了止血处置。马灯的灯芯喷吐着火苗，给防空洞里的伤员脸上涂上了一层橘红色。

巡诊完后，已是午夜，我提着马灯，陪同陈医生踏上归程，流动的马灯在雪夜里依旧粲然生辉，照亮了我们脚下的路……

在朝鲜战场那生死较量的岁月里，我经历了许许多多个不平凡的事情，事隔 60 多年，许多往事已渐渐模糊，但我至今还清晰地记得那盏陪伴着我的马灯，记得它在黑暗山沟里努力散发出的光亮。

原载于 2010 年 10 月 22 日《中国质量报》。《解放军报》于 2011 年 2 月 10 日转载。

带血的盐袋

躲藏在山林深处的小鸟，虽然受到炮火的惊吓，依然没有忘记用歌声唤醒大山的黎明。这是 1951 年 6 月中旬，抗美援朝五次战役由进攻转为在三八线一带的阻击战阶段。我所在的战地救护所，经过一夜行军，于黎明时分来到壁下里。

这是一个僻静山坳里的小山村，群山环抱，郁郁葱葱，马尾松静默地伫立着，伸出虬龙样的枝枝杈杈，绿森林像撒开了的防空伪装网，为我们提供着天然的屏障。所里要求我们充分利用天亮前雾朦胧的时间构筑防空洞。这时，小鸟的啁啾声与我们掘土、撬石的镐锹声共鸣，使大家忘记了疲劳……

正当我们完成了构筑防空洞的任务，将伤员安置就绪后，石景云班长让我去所里领药，准备给伤员清创敷药。我二话没说，急匆匆地去找负责供应药品的司药朱慧珍大姐，她一见到我，还没等我开口，就遗憾地说：“你来取药吗？现在什么药也没有了，剩余的一瓶盐水让手术组邬子江领去了，炊事班也没食盐，想配医用盐水也没办法。”我惊讶地说道：“天这么热，伤员伤口化脓，必须清创换药，没盐水咋办呀！”她说：“向盛所长汇报了，他正在想办法呢。”

我又急着向手术组跑去，想把那瓶盐水要过来用，但到手术组一看，安医生正在给从前线送来的重伤员用盐水清创，那瓶盐水已剩半瓶，邬子江还紧紧握着那瓶珍贵的盐水给医生当助手。

我灰心地转身就走，回到治疗室洞口，看见所长正同李翻译和石班长在交谈着什么，走近时，班长叫住我说：“所长让你跟李翻译到当地居民家用炒面换盐。”她顺手递给我一袋炒面。

随李翻译先到朴大爷家，在防空洞前喊话：“阿爸基，阿妈妮。”老人听到后出洞说：“基温贡么呀（志愿军有事吗）？”李翻译说：“少高古一捎（有盐吗）？”老人说：“熬不捎（没有）。”但他听到介绍伤员急用时又热情地领我们到邻居家去问。这家阿妈妮抱出盐罐，我一看快见罐底了，这种情况，难以启齿。但阿妈妮急我们所急，非让把这点盐拿走，还挡住我们说：“不要不能卡捎（不拿不能走）。”没法推托，李翻译只好要了一把盐，并给老人留下炒面，她说什么也不要，再三劝说才留下一些炒面。我俩同喊：“高马思密达（谢谢）！”

回来之后，所长听了汇报后说：“这盐马上还回去，老乡这么困难，我们不能要呀！”李翻译又去还盐。

所长又决定派陈管理员带邬子江和我到后勤分部兵站领盐。陈管理员是位身材魁梧的老干部，干事机敏、心胸豁达，参加过解放战争，大家都很尊敬他。

因已到雨季，出发前，他给我们准备了雨衣，以防盐受雨淋湿。我俩紧随他，急促地穿行于山上的羊肠小道，茂密的林荫像把流动的伞，遮住了烈日，护送我们前行。山涧澄碧的溪水潺潺流淌，吹来丝丝清凉，树梢上传来的蝉鸣，似乎也在为我们歌唱。

但管理员还惦记着盐，他随心所思地问，你俩知道盐是怎么生产的吗？我立马说：“不知道。”邬子江说：“我知道，因我家在四川自贡市，那儿生产井盐，已有数千年历史。我父亲是盐工，他和工友们绞盘天车提取含盐的井水倒在大锅里煮，蒸干水分，生产出雪白洁净的盐。”管理员说：“我生长在渤海湾，这样烈日炎炎的夏天正是生产盐的好季节，盐工们把海水引入海滩晒盐场，利用日照蒸发干水分后收集盐，在收获时盐堆得像小山包。等胜利回国后，欢迎你们到我的家乡去看盐山。”听他俩这么一说我才知道盐的来源，也激起我的回忆。我说：“你俩想知道我对盐的印象吗？”邬子江说：“你家在关中平原又不产盐。”我说：“从记事起，我每天都见我爹肩上背着装盐的褡裢，朝出暮归，在农村赶集市做卖盐的小生意，所以我对盐最近亲，小时候乡亲们叫我‘盐娃’呢！”管理员听后风趣地说：“怪不得你长得这么结实有劲，是从小吃盐多的结果。”他又感叹地说：“真没想到今天为盐这么着急呀！”

说话间，我们又爬到一个山岗上，向山下眺望，只见山谷树林里隐匿着几座草棚，半山腰有防空岗哨。

噢！兵站到了，管理员兴奋地招呼，“快走！快走！”不多一会儿，我们就跑下山，来到防空洞前。兵站的同志热情地问候我们，并惊奇地说：“你们不知道这里是敌人的封锁区吗？怎么大白天来领东西呀！”管理员说明情况后，他们立即给办了手续，并很快分发了急需的三袋物资。我抢着要背盐袋，管理员说：“盐袋重我背，邬子江背米袋，你小，背急救药品材料袋。”

领完物品后，兵站同志再三嘱咐，要我们抓紧时间过封锁线，快到傍晚时，敌机出没频繁，千万注意防空袭。

夕阳已将蓝天浮云染成七色光，山坳里苍翠的树木被染成了斑斓橙色，那如针样松叶间初露的松塔，像多彩的宝石般艳丽夺目。

不多时，我们快走到山口处，突然听到清脆的防空枪声，管理员机敏地喊道：“快隐蔽！”我们顺势趴在沟坎里，只见头顶斜上方四架敌人的“油挑子”飞机依次俯冲下来扫射、投弹，霎时间炸弹爆炸声震耳欲聋，燃烧弹爆裂，火光硝烟腾空而上，我被炸弹掀起的土石覆盖了半个身子。当我用力起身时，感到左臂很沉重，抬头只见邬子江满脸是血，我说：“你负伤啦！”他也看见我左臂在流血。当我们找到管理员时，只见他用身子护着盐袋，血已经流到盐袋上，因失血已陷入休克昏迷状态。我急得大喊：“管理员，你醒醒呀！”他含糊地只说了一个字：“盐……”

这时兵站的同志前来抢救，然而，管理员却再也没有醒来……

兵站的同志要送我们到兵站医院，我们让快送管理员，我俩伤轻，前线急需盐，必须尽快把盐背到前线。

我俩目送抬着陈管理员的担架远去后，背起染有鲜血的盐袋继续返程。

在返回时又遇到了一阵雷雨，虽然伤口被雨水浸湿，阵阵刺痛，但盐袋用雨衣裹得很严实，没被雨淋着，雨后的山路既湿滑又泥泞，记不清滑倒过几次，但盐袋始终没脱手。

经过艰难的路程，在午夜后我们回到前线。尽管已是深夜，盛所长还没休息，他站在防空洞前焦急地等我们归来。当他见到我俩回来时，匆匆上前接过我肩上背的盐袋，说：“辛苦了，终于回来啦！陈管理员呢？”听到所长关切的问声，我哽咽得难以表述。邬子江含泪断断续续地给所长汇报了情况……

所长听到这不幸的消息极为悲痛，托着沾有管理员鲜血的盐袋，仰望着茫茫的大山，情不自禁地大喊：“陈管理员，你在哪儿！”这喊声在静谧的山谷里回荡。

夜空，月亮沉默不语，稀疏的星星像粒粒凝固的泪珠。在淡淡的月光和微弱的星光映照下，我依稀看到盐袋上那殷红的血迹。

原载于2012月10月《军休之友》。

前线飞来一只布谷鸟

小时候听村里大人们说，听到布谷鸟的叫声，春天的大门就打开了。那一年春天，刚满 14 岁的我穿上军装，来到抗美援朝前线。连续几天早晨，我都听到了布谷鸟的叫声。望着前线的炮火硝烟，我想：春天在哪里？春天不在炸平的山岗上，不在烧焦的土地上，春天应该在布谷鸟的歌声里。

这是个防御战间隙的早晨，救护所贾教导员通知我和闻淑莲到所里接受新任务。小闻与我同岁，梳着羊角小辫，一张娃娃脸，天真活泼。她是沈阳人，满口东北话，大家叫她“小疙瘩”。她跟在我后面，一边蹦蹦跳跳地跑，一边问我有什么新任务，是接迎伤员吗？不一会儿，我们来到所部防空洞前，只见贾教导员和一位女干部来迎我俩，一见面，教导员便给我们做了介绍：

“她是广东佛山师范学院毕业的女大学生陈杏怀同志，任我们所的文化教员。当前主要任务是办好扫盲班，所里调你们俩担当辅导员，希望你们在陈教员的安排下，共同完成好扫盲工作。”我凝视着面前的陈杏怀想，这就是先知名未见人的陈教员呀！教导员关切地问我们有没有完成好任务的信心时，小闻向我做了个鬼脸，让我代她表态，我说：“有，但我俩文化程度低，能行吗？”陈教员说：“没关系，我们共同努力完成好扫盲任务。”教导员笑着拍着我的肩膀说：“没问题，有陈教员这个文化人教学，你们一定能完成好任务。”

此后我俩成了陈教员的小帮手。

陈教员当年20岁左右，风华正茂，高挑的身材，一双美丽温情的大眼睛，剪着齐耳的短发，身着志愿军新式女夏装，更显得英姿勃勃。她性格开朗大方，待人热忱，讲一口带南粤味的普通话。她向我们俩讲了扫盲班的具体教学计划，又领我们深入到各班了解实际情况，不识字及认字不多的有30多人。他们渴望学文化，听说办扫盲班，欢欣雀跃，踊跃报名。但也有少部分同志对学文化有畏难情绪，认为年龄大记性差，学不会，没有信心。个别人还认为，工作忙没时间学。陈教员耐心地跟这些同志促膝谈心，她说：“国内正掀起扫盲高潮，我们也不能落后。特别是亲人们也在挂念你们，盼望你们写信报平安呢！”为解决工学矛盾，陈教员采取因人施教、灵活办班的方式开展工作。炊事班白天工作忙，就利用晚饭后时间开办夜班上课；担架队前接后送伤员，就利用空闲时间，分散、集中结合教学；有的则采取一对一个别辅导的办法，给大家都创造了学文化的机会。

在战地办扫盲班过程中，物资极其匮乏，没有纸笔，没有课本，也为难了陈教员。她一边准备教学内容，一边发动大家想办法。我建议到小河边背细沙，在地上铺沙盘，用树枝作笔练书写，陈教员说："这是个好办法。"她带领大家背沙子，学员们先给陈教员做了一个大沙盘，每个人又做了一个小的，很快，松树下的沙盘课堂便布署就绪。为了解决没有课本、无法复习的难题，我和小闻分工，她去药房找废药盒，我到后勤管理员处找夏装的废包装纸，用这些东西做小卡片。陈教员同我俩工整地写上字，并注上拼音，分发给大家作随身携带的学字卡。

为推广速成识字法，陈教员从拼音字母开始教学。她教大家唱字母歌，在熟识字母的基础上又教拼音方法，像教小学生一样不厌其烦地大声领读。琅琅读书声回荡在静谧的松林里、紧张的前线防空洞内。战友们被陈教员热心教学所感染，时常在伙房或行进途中听到有人学字的读字声。

扫盲班读书识字声也飞进了在防空洞、松林里养伤的伤病员耳中。勇士们在前线战壕坑道里为阻击敌人不怕流血牺牲，现在静下来养伤，听到这难得的读书声，也期盼文化的曙光。他们迫不及待地向杨护士长、护士班石班长要求参加扫盲学习。护士长把伤员的要求反映给陈教员后，她爽快答应，在不影响治疗的情况下，给伤员们安排教学。

伤员们学习热情很高，清晨松树下，陈教员正教大家唱字母歌，忽然，从苍翠的丛林里传来布谷鸟咕咕咕的欢叫声，与陈教员的教歌声在山谷里共鸣回荡。学员们说，陈教员清脆明亮的声音多像布谷鸟的欢唱，为我们干涸的心田播撒文化的种子。

原载于2011年8月22日《中国文化报》。

又见到野樱桃

早就听人们说："樱桃好吃树难栽。"生长在关中渭河畔平原上的我，小时候只见过家乡房前屋后的桃树、杏树、柿子树，没见过樱桃树，更不知道野樱桃树是什么模样、花是什么颜色、果是什么滋味。我第一次品尝野樱桃，是参加志愿军来到朝鲜的大山深处后。

那是 1951 年 7 月初，盛夏的季节，三八线西段正展开寸土不让、如火如荼的阻击战。我所在的第六十四军前线救护所，几经连续转移，黎明前，来到幽深的小山村——大乌里。这里四面环山，郁郁葱葱，尽管只有几户人家，也已被敌机炸成一片废墟。受害的村民，仍坚持在原址附近，建了简易的防空洞，顽强地生活着。我们顺沿村中流淌的小溪边前行，到达设营点，放下行装。所里要求立即构筑防空洞，尽快安置好伤员，准备再接受新伤员的救治任务。

接连几天，因敌机不断轰炸，封锁后方运输线，前线供应极为困难。从第五次战役开始，我们只靠自身携带的单一食物——炒面来充饥，还要节省着用，基本上见不到一星半点儿的蔬菜。伤员中，不少人因缺乏营养，已患口角裂、眼干、夜盲症，伤口也愈合得很慢。石景云班长让我陪护士关桂兰走访当地居民，了解可食用的野菜野果，以补充营养。关大姐刚满 17 岁，她出生在辽东山区，身材高俏，眉清目秀，性格开朗。当年我还是个 14 岁的毛孩子，我随她来找居住在附近防空洞里的阿爸基，请他带领我们到大山里采野菜和野果，老人爽快地答应我们。这时，他 7 岁的孙女小英姬拽着爷爷的手，童声童气地喊："爷爷我也去，樱桃沟摘恩都（樱桃）。"爷爷说："好，走吧！咱给志愿军叔叔带路。"

昨夜一场雷雨后，山坡被大雨浇透，山峦叠嶂的山峰里，云雾结伴，硝烟萦绕，缓缓闪出的朝霞映照着蓝天。战火烧不尽茂密的草丛，蛐蛐在不知疲倦地啾啾，小溪在羊肠小道边潺潺流淌。阿爸基一边引领我们走，一边指点坡上的野菜，大家不停地采野苜蓿、扫帚苗、蕨菜，还有这里特有的"道拉基（桔梗）"。阿爸基还特意领我们到一片松树林里采蘑菇，我看见雨后的树下长满了很多像小花伞、小棒槌样好看的嫩蘑，采了几个送给他看时，他说："这些是毒蘑菇，不能采，吃了会毒死人的，快扔了，你们把手也洗干净，可别中毒。”老人教我们采无毒的松散、松针等可食用的蘑菇，使我们增长了不少见识。

小英姬蹦蹦跳跳地说：“我领你们去摘野樱桃。”关大姐和几个小女兵还有我跟着她。登上一个小山头，小英姬高兴地喊道：樱桃沟到了！关大姐眺望着满山坡的樱桃树，格外亲切地说：“又见到野樱桃了！”我也被这眼前一串串、一簇簇红宝石般的野樱桃吸引了，欣喜若狂。风风火火的关大姐捷足先登地来到樱桃树下，顺手采摘了几颗野樱桃，递给我一颗说：“小侯，你尝尝吧，这野樱桃酸甜酸甜的，可有营养了！”我将一颗红亮亮的野樱桃放在口中，轻轻一嚼，又脆又甜，美得我高兴地蹦了起来。这是我第一次品尝野樱桃。它长得那么晶莹好看，果肉那么爽口好吃，这一切，也许缘于它生在大山深处，蕴藏着大山的性格，大山的情怀呀！

不一会儿，我看见她们高兴地一边摘一边吃，个个儿小口袋里都装得鼓鼓囊囊的，对她们说：“这回你们可解馋了，把嘴巴也染红了。”她们听了面颊绯红地笑开了花。

尽管这里硝烟弥漫，炮声不断，但我们还能采到这么多的野菜和野果，可见残烈的战火可摧毁一个村庄、一座城市，但永远扼杀不了所有的生命。自然界总能给人们带来希望，赐予希冀。

这时，关大姐说，我们该回去了，炊事班还等着做菜呢！于是，大家收集起大包和小包，有人背着，有人拎着，一起走下山坡。

快到营地时，关大姐和我带着大家对阿爸基说：“高马思密达（谢谢）。”老人说：“不用谢，咱们是一家人呀！”

之后，关大姐拎着采的野樱桃一溜跑，直奔我负责护理的防空洞。等我为伤员端着炊事班刚做好的热腾腾的野菜回来时，看到她已含着泪，给重伤员刘勇泉喂樱桃汁……刘勇泉，伤势很重，头部被敌人的火箭筒烧成重伤，眼部也有伤，包扎着绷带，他看不见，有时还昏迷。听送他来的担架队工作人员介绍说，他是辽东人，在阻击战中负的伤，是个英雄战士。这几天关姐也经常来看护他。

这次喂樱桃，我才听她详细介绍了他们之间的深厚情谊。她说：“我和刘勇泉不仅是同乡，从小还是同学，他家后山有个樱桃沟，每年春暖花开的季节，满山坡雪白及淡红的樱桃花争相斗艳，那时，樱桃沟就变成了彩霞河，方圆几十里的人们都能闻到醉人的芳香。到这个季节，碧绿的叶子下长满胭脂红的樱桃果，成熟时刘勇泉就会领我去采摘品赏酸甜的野樱桃。我俩一起报名参加志愿军后，他被分配去了前线连队，我留在咱们救护所，失去了联系，没想在这里巧遇到他，现在他伤这么重……”说着她已泪流满面，难以自控，哽咽着又说：“刚才我喂他樱桃汁时，对他说：‘我又见到野樱桃了。’他听后激动地说：‘我又遇到你了呀！’”

据关大姐介绍，虽然刘勇泉吞咽已极为困难，但听到关大姐要给他喂野樱桃时，强忍着疼痛，张开一点唇隙，用力吸吮喂给他的樱桃汁。刘勇泉还感慨地对关大姐说："现在我无法看见你的面目，但你留在我心里的青春容颜，永远像樱桃那样红艳，你我的情谊像樱桃一样甜蜜。"关大姐说，刘勇泉在学校读书时钟爱文学，许多古诗能够信手拈来，刚才还给关大姐背诵了李白的诗"别来几春未还家，玉窗五见樱桃花"及宋朝赵彦端的词"绿葱葱，几颗樱桃叶底红"。刘勇泉对关大姐说："我俩与樱桃有缘呀！等胜利了之后，我们回老家再去摘野樱桃。"

正当为刘勇泉开始能够吸食野樱桃汁而高兴时，我们突然发现，他又进入了昏迷状态，奄奄一息，我连忙去找医生、护士来抢救。然而，尽管医生、护士想尽了所有办法，但因伤势过重，处在深度休克状态的刘勇泉之后一直没能苏醒过来……

见刘勇泉一直未能醒来，关大姐十分着急，她大声哭喊："勇泉你醒醒呀！你看，我还想给你喂樱桃呀！"可是，不管怎么呼唤，勇泉那双英俊的眼睛再也未能睁开。

霎时，只见天空乌云凝聚，电闪雷鸣，倾盆大雨，像是也在为英雄哭泣流泪……

事后，所长让我去找管理员领一身新军装，给英雄换上，石班长安慰关桂兰节哀，她俩忍着悲痛给英雄整理遗容，换上新的敷料。在选墓地时，所长听取了关桂兰的建议，将英雄葬在樱桃沟樱桃树下，让樱桃树与他做伴。告别刘勇泉时，我看到刘勇泉墓地上方的那棵亭亭玉立的樱桃树，枝繁叶茂，一颗颗附着露珠的红樱桃闪闪发光、含泪欲滴，仿佛与我们一起为英雄致哀……

所长还让我们为烈士立了一个木碑。为防雨淋之后碑上的字模糊，心细的石班长和关大姐用野草编织了一个防雨塔，覆盖在木碑上面。

60多年过去了，我们仍怀念在异国樱桃树下长眠的战友。说来也奇怪了，久居大城市的我，多年来一直喜爱大山里长出来的野樱桃！

原载于2012年5月10日《解放军报》，2012年6月《军休之友》转载。

山那边的野菊花

抗美援朝初期，我在志愿军队伍里几乎没有见到过女兵的身影。记得我所在的救护所的女兵，1951 年 2 月刚入朝时，被留在宝鸡留守处。但那时，响彻全国的志愿军战歌："雄纠纠，气昂昂，跨过鸭绿江……"和壮行曲"嗨啦啦，嗨啦啦，天空出彩霞呀，地上开红花呀，中朝人民力量大，打败美国兵呀……"等歌声，让女兵们按捺不住积极要求上前线的决心。这之后的每场战役，女兵从来没有缺席过，她们为整个抗美援朝战争的胜利流血流汗，发挥了巨大作用。

1952 年，防御战正处在焦灼状态，在前线，上空敌机不时盘旋。尤其全身都是黑色、像只老乌鸦、被战士们俗称为"黑寡妇"的侦察机，似乎像那无头的苍蝇，一会儿飞到东，一会儿飘向西，当它飞得无影无踪时，不测的噩耗往往就要来到。

这一天，“黑寡妇”刚刚飞离，极短的时间后，从前方传来防空哨的鸣枪声，我立即召唤在山坡上和松林里的伤员躲进防空洞，同时直奔到不能自行转移的重伤员张班长的身边，背他进防空洞。我刚刚 15 岁，个子小，背起了张班长，他的脚还耷拉在地上，急得我满头冒汗，多亏一位轻伤员急忙转身，从后面抱起张班长的双脚，配合我将张班长移进防空洞。随后我出洞探头仰望，只见树梢尖上空，有四架银白色的敌机依次俯冲下来，呼啸而至，如毒蛇吐舌般连珠扫射的火光，冲向我们隔壁后勤部驻地山谷里，同时看到我们的高炮，正同敌机对射，一架敌机已冒着浓烟坠落。我说：“敌机被高炮打中了。”大家听了很高兴，大声地喊道:“打得好呀！”我身后伤员也要出来观察，有的说:“卫生员，让我出去看看。”我说:“不要乱动，谁也不能出防空洞。”话音刚落，听见敌机又折返过来，俯冲，投下炸弹、燃烧弹。瞬间，火光四射，硝烟腾空而上，飘向我们这边山谷，也蹿进我们的防空洞，呛得大家直咳嗽。

敌机逃走后，我让伤员们出洞放风，说话间，通讯员小刘气喘吁吁跑来通知说：“小侯，所长在后勤开会时正遇敌空袭，现在让你随甄医生快去抢救伤员。”我听后二话没说，跑去找甄医生。我们背起十字包和担架，一起翻山越岭，奔向火场，但刚要下山时，又听到了防空哨的鸣枪声，便分散卧倒，这时第二批敌机又来偷袭。当我们的高炮猛烈还击时，敌机扔下了几个炸弹，便慌忙逃窜，向南飞去，我们趁机急速下山。这时正遇一位战士急匆匆地跑来报告，说在山坡松树下，给他们上文化课的女教员程艳菊受了重伤，让快去抢救。我们立刻跑去，只见程艳菊躺在一个弹坑不远处，头部有伤，满脸是血，右臂、前胸血渍斑斑，下肢臀部炸伤，我们立即抢救，给她用急救包里的三角巾包扎。甄医生让我跟随抬程教员的担架，火速护送程教员回所里手术室进行手术急救。护送途中，我不时问她感觉如何，她已处于休克状态，无法回答，只是不时传来她急促的呼吸声，我边跑边为她切脉，能触到她脉搏快速地跳动。我和几个担架员轮流抬着伤员疾步赶路。甄医生抢救了其他几个伤员后，还惦念着小程的伤情，急速赶回所里手术室，一进门，一边洗手一边喊："还等什么！小侯，快做术前准备，脱去伤员裤子、上衣，剪发。"我迟疑片刻，羞涩地说："甄医生，她是女兵，你是女医生，你脱吧！""我知道她是女兵，你这毛孩子，她18岁，比你大3岁呢，她是你姐，在战场救死扶伤，救命最重要！"甄医生斩钉截铁地说。听到甄医生的话后，我豁然大悟。默想，可不，我亲姐姐今年也18岁呀！战场抢救生命是第一位的。为此，我再没有迟疑，按甄医生的要求开始做术前准备，当即剪开女伤员的衣裤，脱去裤子和上衣。她，一个青春少女，一丝不挂地躺在手术台上，双乳已被鲜血浸染，乳头像两颗鲜红的桑葚。在臀部隐秘伤口处，因血渍已凝固，紧紧粘连着皮肉，我用生理盐水棉球浸润紧粘的衣物，小心翼翼地一点一点剪开，露出创面。传递手术器械的小曹护士依次给医生递麻药针、手术刀剪，甄医生细致敏捷地先为重伤的臀部做手术，清创、止血、缝合。下肢臀部、胸部手术快做完时，甄医生准备做头部伤口手术，我不忍心地剪去她头部的秀发，小程还在昏迷中，难以想象她是一位年轻的女兵，秀发在我剪刀下纷飞地脱落。

手术快完时，甄医生让我领一套新军装，给伤员换上。我到唐管理员处请领时，他说没有女军装，只能领男军装。给小程换上男装后，甄医生对苏醒过来的小程说："你现在扮上男装，像当代花木兰呀！"她听后露出甜蜜含羞的笑容。

在安置住处时，因我们一直没有接收过女兵伤员，也没有单独的防空洞，甄医生说："小侯，你去联络房东阿妈妮家，把程教员安排住在阿妈妮家。"我说："好。"因阿妈妮住的防空洞还是我们帮助她建的，她家原来的房子被敌机炸坏了，我到阿妈妮家给她说此事后，阿妈妮爽快地说："好啊！"

当我们抬着伤员来到她家时，老人像迎接亲人一样说："巴里巴里（快快）进屋。"老人为伤员铺好被褥，放好枕头，同我一起平稳地将伤员安排妥当，并当起义务护理员。

甄医生根据伤情下医嘱，每天必须给伤员换药，换新的敷料，并在创口敷上磺胺等消炎的药粉。我第一次给女兵伤员换药，含羞胆怯地说："姐，要脱衣裤换药。"落落大方的菊姐说："别啰唆，脱吧！"每当我给伤员换药时，阿妈妮还配合解开伤员的衣裤，细心的阿妈妮见到每次换药要脱衣裤，极不方便又增加伤员的痛苦，于是她找来女儿留下的朝鲜族女孩的裙子给小程换上，这样减少了脱衣的程序。当小程换上朝鲜族衣裙后，阿妈妮风趣地说："你现在成朝鲜族小姑娘了。"小程听后说："高马思密达（谢谢）。"阿妈妮说："不用谢，你是我家的姑娘呀。"

经过20多天的治疗，她的伤口已不流脓血，头部的伤也大有好转，她的心情也随之焕然一新，性格本就开朗爱唱歌的菊姐时常唱起："中国的志愿军，朝鲜人民军，我们是一家人，我为和平离开祖国，你为祖国离开母亲，嗨嗨，我们为祖国，我们保和平……"这歌声，飞出了心窝窝，在旁的阿妈妮听到了，激动地说："我的女儿被敌机炸死了，儿子离开我，正在前线作战。见到你们就像见到我的儿女一样高兴呀！"

又经过十多天的恢复休养，程教员已经康复，甄医生同意她出院，多日的愿望终于实现，可以重返前线了，她因惦念着学文化的战友，兴奋不已，她对甄医生说："感谢你给我做的手术治疗。"甄医生说："你的坚强精神，鼓舞了我们为伤病员服务。"

菊姐拍了拍我的肩膀说："小侯，好兄弟，谢谢你给我换药护理。""这是我应该做的。"我腼腆地说。

阿妈妮听说小程要出院，急忙爬到后山坡，采摘了一包山楂果，送给小程，小程感恩地说："阿妈妮，高马思密达（谢谢）。"

甄医生还特意叮嘱我，护送程教员归队。我陪同菊姐返回，爬过山岭，望见了山谷里后勤部那一个个散开筑就的防空洞。菊姐依依不舍地说："小侯，谢谢你，你回去吧，我已经快到部队了，我会好好珍惜这段姐弟情。”说着她大步流星地下山，只见路边的野菊花正在卓然绽放，浓郁的芳香在山野里随风飘散。没想到，在朝鲜战争前线，居然有这么美的野菊花和这么醉人的馨香。

原载于 2016 年 4 月 14 日《中国财经报》。

老牛车

6月盛夏，我们几个年已古稀的志愿军老兵，不约而同地参加了赴朝鲜的旅游团，一起重返故地。

昔日边城新义州和首府平壤，一片废墟。如今，我们看见的是市容整洁、楼宅林立，年轻人着装时尚，处处一派和平安宁的景象。尤其是我们下榻的大同江中羊角岛48层宾馆，四面环水，屹立在林木苍翠、鲜花簇拥的怀抱中。宾馆四周，玫瑰花正在争相斗艳，杏果已露出橙黄，让人垂涎欲滴。宾馆内宽敞明亮，透亮的观光电梯往复运营，客房几净窗明，让人感到心情别样舒畅。

那天，导游引导我们去三八线名城——开城附近的板门店，参观停战签字遗址。我们几位志愿军老兵兴致勃勃，两个多小时的行程中，我目不转睛地寻觅曾经战斗过的印记。当旅游车到达开城郊区时，我突然看见路两旁一片片黄金般的麦田，农民正开镰收割，麦地里一辆老牛车正慢悠悠地向我们走来，我惊喜地对老战友说："我又见到老牛车了！"尽管车上已装满麦捆，但还能看清大轱辘，赶车人在车的右侧举鞭赶车，老黄牛脖子上扛着车辕前的横杠，低头拉车，同车旅游的北大朝鲜语系的几名学生，在我的引导下看见朝鲜的老牛车，也倍感亲切。他们对异国风情更有兴趣，这是他们在书本上难以学到的民俗知识，我不由自主地讲起60年前刚入朝参战时所见到的老牛车。

那是1951年初，我们刚刚跨过鸭绿江，到达新义州时，正是夕阳西下的时候，满目只见已被战火摧毁的一片废墟，新义州仿佛寂寞无声，连鸟的鸣叫也被夕阳赶走了。这时我忽然看到一辆老牛车，正慢悠悠地向前走，车的右前辕上坐着一位老人，手拿着一根细鞭，嘴里还不停地喊着我们听不懂的赶车声。老黄牛似乎不理会赶车人的喊叫，低着头，睁着一对圆溜溜的大眼睛，目视蹄下凹凸不平的沙石路，车是往前行，但沙石路却没有留下一丝车辙印。老牛车渐渐地走近了，我又仔细端详，发现老牛车没套缰绳，只见牛脖子上套着一根前辕的横梁，车轮子又宽又大，我好奇地对同乡小战友谢贵良说："这里的车跟咱们家乡的不一样？"他说："是啊，赶车人还在车的右侧。"老班长马成礼风趣地说："赶车的阿爸基，裤子肥大得很呢，车上装的是支援前线的物资……"

说话间，我们头顶高空出现四个白点，旋转着飞了过来，机敏的老班长大喊：“快散开，卧倒防空！”我立马顺势卧倒在路边的沟里，一抬头，看见多架敌机依次俯冲下来，风驰电掣般地轰鸣，飞机上的机枪连珠扫射，子弹打得沙石飞溅在我的头上，弹壳雨点般地飞落下来，砰砰乱响。我抬头一看，老牛被突如其来的袭击吓坏了，疯狂地拉着车乱跑乱跳。不一会儿，就见车被炸翻了，赶车的阿爸基也被炸伤了，老牛被炸得血流满地。当第二轮俯冲下来的敌机又投下炸弹和燃烧弹后，眼前瞬间一片火海，我听见班长大叫：“小侯、小谢快救人！”我立即不顾一切地跑到阿爸基跟前，和班长一起抢救，给老人止血包扎。这时，阿爸基还惦记着老黄牛，说：“基温贡，巴里巴里（志愿军，快快），去看看我的老牛呀！”当我救治完老人后去看老黄牛时，它已瘫软在血泊中，双眼凝视着天空，愤怒的眼神像射向敌机的子弹……

这是我们入朝后第一次经受战火的考验，也是我们第一次见到异国他乡别样的老牛车。见到平民被敌机杀戮的场面，更加激发了我们奋勇杀敌的斗志。

五次战役，由进攻转入三八线防御战后，在那年秋季的阻击战中，我们前线救护所配置在驻地的三户人家里，接收了一批英勇杀敌负伤的伤员，经过我们抢救后，急需后送。担架队送走一批伤员后，又来了几名重伤员，也需要后送。当地一位阿爸基看见我们人手不够，急我们所急，要求盛所长用老牛车帮我们送伤员。所长很受感动，对阿爸基说：“高马思密达（谢谢）。”阿爸基一边说一边牵牛套车，还往车上铺上软草。石班长当即派我和邬子江护送三名重伤员，阿爸基也在车的右侧，举鞭赶车，邬子江好奇地说：“他怎么在右边赶车？”我说：“你是第一次见到吧！”

因敌机白天疯狂地轰炸，我们无法行动，只能等夜幕降临时出发，恰巧这一夜月光相伴，弯弯的山路，显得平坦许多，阿爸基只喊了一声“咔”，老牛便像认识路似的，拖起大轮子在月光中滚动着……

当我们来到一个山口，要过一条河时，突然听到防空哨发出的枪声，提醒敌机将要来到封锁线。这时，阿爸基也听到了，他很有经验，为了让老黄牛加速前进，阿爸基连喊“咔、咔！”老黄牛也像明白事理似的，不顾气喘吁吁，硬昂着头加快前进，我俩也忙跳下车，帮着在后面推车。正在过河时，听见敌机轰鸣声呼啸而至，刹那间，敌机投下一颗颗炸弹，爆炸声震耳欲聋，老黄牛似乎明白了此行的使命，一点儿没有惊慌，只是奋力前行，两只大眼睛像两盏小灯般闪闪发光。我觉得眼前的老牛车，是钢甲铁车，是与敌人抗争的勇士，在我们的合力努力下，老牛车顺利涉水过了河，又继续爬过了一座小山岭，终于到达了后方兵站医院。

这时，只见东山上显露出鱼肚白，黎明即将到来，为了在黎明前通过敌机不断空袭的封锁线，我们马不停蹄地转身返程。

前线总有不测风云，尤其在这个时段，敌机更加疯狂，兵站的同志还提醒我们，一定要注意防空。阿爸基倍加疼爱老黄牛，深知它的疲劳，给它喂了些草料后，喊了一声“咔”，老黄牛驯服地开始拉车，一路徒步赶车的阿爸基坐到右侧车辕上，我们一起返程。当我们再次过河时，又遭敌机轰炸，纷飞的弹片炸伤了阿爸基，霎时血流满面，我和郇子江也同时受了伤。我俩顾不得自己的伤痛，及时给老人止血包扎，并将老人扶平，安置在车厢里，我们才互相包扎了伤口。敌机逃走后，不知老牛是否有感知，它一时没听到赶车声，突然嚎了一声停止前进，我立即到车的右侧去看老黄牛，只见老黄牛背上也受伤了，鲜血流了下来，淌在河水里，河水被黎明的晨光折射出一片殷红。我顺手拿出救急包，压迫止血，不一会儿，流血减少了。只见老黄牛忍受着剧痛，站在河水中，两只眼睛里喷射着怒火。我喊了一声“驾”，老黄牛纹丝不动，我心想，可能是老牛听不懂我喊的声音，郇子江从车上看见老人的眼睛微微睁开了，清醒过来的阿爸基喊了一声“咔”，老黄牛顺从地迈开四蹄前行。

一路上我模仿阿爸基的声音赶车，我也当了一次赶车人，老黄牛像识途似的加快回程的速度，拉着我们三个伤员，赶赴前线救护所。当我们回到救护所时，急切地等待我们归来的盛所长，见到我们三个伤员既惊奇又同情，及时组织救治，赶紧将车上的阿爸基抬下，发现他伤情十分严重，便立即进行手术抢救。术后，苏醒过来的阿爸基还关切地问：“老牛车回来了吗？老牛怎样？”所长说：“阿爸基，老牛车回来了，你为我们及时送伤员受了伤，太谢谢你了。”阿爸基说：“一了傲不扫（没关系），一家人嘛。”

当我卸车时，看见牛背上受伤的部位，血迹斑斑，我真为老黄牛的坚强精神肃然起敬。

这次我们来朝鲜旅游，在三八线附近又见到老牛车，这普普通通的老牛车，依然是这里乡村不可缺少的运载工具，而在当年抗美援朝战争中，它发挥出的让人意想不到的作用，早已深深地留在了我的记忆里。

原载于2014年3月《军休之友》。

道拉基里的小太阳

道拉基是朝鲜极普通的一种花，花色并不俏丽，如小喇叭，呈紫红色。她在阳光下悄然绽放，好像在向人们诉说着什么。在抗美援朝战争前线，我不仅亲眼见到了道拉基，还理解了道拉基的心语，读懂了道拉基的花魂。

那是 1952 年夏季，三八线临津江畔，高旺山正在进行防御战，勇士们寸土不让地坚守阵地。我们救护所配置在前线大乌里，这里已遭敌机轰炸，被夷成一片废墟，晨光中，只见一缕别样的烟雾迷蒙，轻盈地在山谷里弥散着。

村子里静悄悄的，听不到一声鸟啼．来往的人也很少。

一阵阵低沉的哭声，不时划破乡村的宁静。这悲痛的声音是从山隅小茅草棚那儿传来的。草棚旁边蹲着一个头发斑白的阿妈妮，一只手抹着眼泪，一只手往三块石头架起来的圆形锅底续柴火，不知道煮着什么。阿妈妮和半堵炸塌的墙一起坚守着。

这些被正检查我们构筑防空洞的盛所长看在眼里，急在心上。他大声喊我说：“小侯，快背急救包跟我来！”我一边应声，一边提着十字包跑步跟去。

阿妈妮站起来，目不转睛地瞧着所长，说了一句：“基温贡（志愿军）！”所长叫了一声“阿妈妮”，想问候阿妈妮，却又因不会朝鲜话，不知道怎么把内心的感情表现出来，他只得紧握阿妈妮的手，把亲人般的安慰传达给对方。阿妈妮朝着草棚叫了声“媛媛，基温贡（志愿军）叔叔来了。”所长转身走进草棚，看见一位十几岁的小姑娘躺在草垫上，哭喊着：“疼呀！疼呀！”所长立即给她检查伤情，打开用旧布缠着的左臂，只见凝聚的脓血流淌，手指已见青紫，女孩因失血而面色苍白，神志时清时昏，闭着双眼，生命垂危。所长用手指比划着给阿妈妮表达，要抱小姑娘到所里手术室做手术。阿妈妮说：“卡捎（走吧）！高马思密达（谢谢）。”

我背起小媛媛，快步来到我们临时用白布搭起的手术室。所长立刻洗手，麻醉师和护士赶来配合手术。因小媛媛失血多，手术急需输血，否则后果难以想象。所长让我通知化验员做血型鉴定，准备输血。

化验员听到通知，带上所需物品，赶到小媛媛身边，他取出A、B 标准血清，滴在标着 A、B 字样的凹形玻片上，然后用刺血针刺破小媛媛的耳垂，采两滴血，分别在A、B字样血清中搅拌。结果验出小媛媛是A型血，然后再用显微镜细细观察，结果仍是A型血，化验员报出确认是A型的结果后，问谁是给血者。所长说："我呀！我是O型，万能输血者。"我说："所长，你忙着呢！输我的吧！"

所长说："你们年轻有机会。夏季防御战马上开始，需要抢救伤员呢！"

不久，手术就已做完，但小媛媛仍处在昏迷中，我用沙时计测小媛媛脉搏，一分钟120次，有时脉弱得摸不着。

所长刚做完手术，便让人支起一副担架，躺在小媛媛身边，撸起左臂衣袖，让护士用直接输血器给媛媛直接输血。只见透明的注射器并连两条血管，静静地将所长的热血输送进小媛媛的血管里……

当我切脉时，媛媛的脉搏跳动逐渐变得充盈有力，在输完血时，她睁开了眼睛，小脸蛋也渐渐红润起来，还张开樱桃般的小嘴，有气无力地低声唱"道拉基，道拉基，道拉基，白白的道拉基哟长满山野……"

所长欣慰地说："朝鲜小姑娘得救了。"

阿妈妮对所长说："高马思密达（谢谢），基温贡（志愿军）救了我的孩子。"

所长说："阿妈妮，一家人不用谢。"

平静下来的所长，给我们讲起抗日战争时期，亲眼见到白求恩到晋察冀边区战地救治伤员的经历。所长说：“当年在太行山阜平县的神仙岭，白求恩大夫夜以继日地抢救伤员，还亲自教我给伤员换药，让我受益匪浅。白求恩的血型是O型，万能输血者，那天，我亲眼看到白求恩大夫三百毫升的血液被输到抗日战士的身上……”

所长提议成立一支志愿输血队，检查好队员的血型，省得临需要的时候费事。

我首先报了名，救护所的同志们争先恐后地报名，所长刚输完血也报名，他说：“休息几天，还可以输血。”

我背着小媛媛回家，途经山坡羊肠小道，只见道边的草丛中一簇簇紫色的花正在绽放，像一个个小喇叭朝着天空，迎着太阳，默默无语。爱花的小姑娘惊喜地说：“叔叔，你看，道拉基！”我不明白什么叫道拉基，说：“毛老嘎捎（不懂）。”

跟随身后的阿妈妮听到了，顺手摘了一朵花递给媛媛，媛媛兴高采烈地伸手送到我鼻尖说：“叔叔，你闻闻，可香啦！”我闻了闻，确实有淡淡的芳香。她又问我：“好看吗？”我说：“巧思密达（好看）。”

我们在山道上停顿下来，欣赏路边草丛中的道拉基。太阳当空照着，山野清新亮丽，那一簇簇的道拉基开得更加娇美了。

“叔叔，你来看，道拉基的花蕊里有一颗亮晶晶的小太阳。”媛媛用手指着道拉基呼唤我。

“她逗你呢，太阳怎么可能钻进花蕊里呀！”阿妈妮微笑着对我说。

我俯下身子，顺着媛媛手指的道垃基仔细观看，只见花蕊里有一滴晶莹的露珠，那露珠里果然有一颗熠熠闪烁的小太阳，我情不自禁地闻了闻，花蕊里溢出太阳的味道。不是吗？道拉基因了太阳才开得那么美丽，花蕊里的小太阳是一颗圣洁的爱心，是道拉基的花魂呀！

小姑娘高兴地说："叔叔，给你唱首歌，爱听吗？"

我说："唱吧！爱听。"她便唱起"道拉基，道拉基，道哦哦拉基……"

没过多久，五六九团二机连阵地上转送下来一位重伤员陈志宏，他左下肢被炸伤，来时扎着止血带，因失血严重正处于休克状态，面色苍白，昏迷不醒。所长检查伤情后，决定立刻手术，并叫化验员验血型准备输血。听到要给伤员输血，我义无反顾地要求献血。所长说："给你一次机会，验血吧！""我是O型，万能输血者，不用验了吧。"我说。化验员很认真地说："那可不行，输血是人命关天的大事，必须一次一验。"

化验员用试管法，验好伤员的血型后，报出伤员是AB型，并说"同型优先"。

一听同型优先，我像头顶被泼了一盆凉水，心凉了半截。

化验员转过脸对我说："小侯，这伤员伤情重，一个人供血怕不够，有机会让你输血，你等着吧。"

手术仍在进行，伤员仍是休克状态，一切看上去十分平静，但却处在危急之中。

所长在手术即将缝合时说："还需第二人供血。"输血护士给我一个眼神，让我上。

这当儿，阿妈妮端着一碗用道拉基腌的酸辣菜，带着伤愈后的小媛媛来见所长，表示谢意，小媛媛拿着一束道拉基花，见护士正在给伤员输血，机敏的媛媛把花递给所长后，立马要求给伤员献血，她说："基温贡叔叔（志愿军）给我输血救了我的命，我一定要给基温贡伤员献血。"所长说：你刚伤愈，以后有机会。她执意要献血，并立刻躺在担架上伸出左臂准备献血。无奈下所长说："小侯，你等等，让小姑娘输吧！"护士给媛媛消毒后，正式操作，只见朝鲜小姑娘温暖的鲜血被缓缓输给了志愿军伤员，伤员得救了。

小媛媛把一束道拉基放在伤员小陈的身旁，微笑着说："叔叔，每一朵道拉基都隐藏着一颗小太阳，你会感觉很温暖。"

我凝目注视着那一束道拉基，脑海里闪现出白求恩、盛所长、救护所的医生、护士还有小媛媛那一张张亲切的面容。我想，爱心是人世间最美丽的太阳，因为有爱的阳光，人们才能像道拉基一样，享受花一般的生活。

原载于2015年4月8日《中国文化报》。

防空洞里的党小组会

那是 1951 年 10 月的一天，我所在的中国人民志愿军第六十四军，于三八线西线取得著名的马良山阻击战的胜利。尽管激烈的炮火声已经渐渐稀疏，但硝烟依然笼罩着傍晚的天空。我正在为负伤的战士们巡诊护理，忽然听到班长石景云在山冈上喊我，我一边答应着一边匆匆跑上山冈："有急任务吗？""有，有好消息，去三班防空洞开会。"

洞里的同志热情地招呼我们坐下。黑暗中，一盏用铁皮罐头盒做的小煤油灯火苗在晃晃悠悠闪烁，我看见洞里有七个党员。三班长宗政是党小组组长，只听他介绍，今晚在防空洞开一次党小组扩大会，吸收几个优秀团员列席。而我就是列席会议的优秀团员之一。组长说，这次会议主要总结阻击战胜利完成期间，我们的伤员救治任务中的经验和教训。他的话音刚落，与会的同志便争先恐后发言。

第一个发言的是司药朱慧珍。她说，这一次我们配置清创用的消毒剂数量不足，尽管没有延误手术室用药，但如果再多几名伤员，就供不上了。今后一定备足药剂量，保证充分供应。

老所长盛凤舞是1937年入伍的“老八路”，在小组会上他也以一个普通党员身份作自我批评：“在完成这次战救任务的过程中，伤员来得多，任务急，我有时急得发脾气，没注意方法，望大家谅解，还请党员同志给我提意见，以便改进工作。”

就在小组会开得很热烈、我也听得极入神时，突然一声震耳欲聋的爆炸声和剧烈的震动将我们震得东倒西歪，小油灯也被震灭了，洞内一片漆黑。所长说：“空袭了！大家别慌。”敌机飞走后，所长布置：“大家赶快出去，巡查伤病员驻地情况。”

不远处，一个朝鲜小孩儿正哭喊，大家不顾一切地奔过去，只见小姑娘被炸塌的防空洞土埋住了下肢，动弹不得，她还用小手指着洞内喊阿妈妮，大家用手扒废墟，不多一会儿将小姑娘救出。班长又向洞内喊：“阿妈妮，你要坚持住，我们正在救你。”随后，他带着我钻进洞内，只见一个大木头压住了阿妈妮的半个身子，我和班长一起抬起木头，一点一点地将阿妈妮移出洞外，所长和医生马上给她救治。

时间已过午夜，浩瀚夜空，星星好像在无力地眨闪，虽然大家也很疲劳，但党小组组长要求我们回防空洞接着开小组会。小煤油灯又被点燃了，在油灯橙色火光的映照下，我发现大家一脸灰尘。

小组长还总结了这次抢救工作中党员的带头表现，接着，其他党员继续发言。

那时虽然我只有 14 岁，在年龄及各方面还没具备入党的条件，但我要求进步、争取早日成为一名党员的决心已被点燃。在我年满 18 岁时，党组织批准我成为一名光荣的中国共产党党员，我感到既光荣又责任重大。

在抗美援朝血与火的战斗中，在防空洞里第一次列席党小组会给我留下了刻骨铭心的记忆。尽管时光荏苒，我已经进入人生的暮年，但我心中的党旗就像当年在朝鲜防空洞前看到的深秋的枫林一样，红艳生辉，永远激励着我前进。

原载于 2011 年 9 月 27 日《解放军报》。《中国国防报》于 2016 年 6 月 29 日转载。

阿妈妮的苏嘎儿

金黄色的月亮升起来了，柔和的月光洒满这个僻静的小山庄。白天敌机的轰鸣声和炮弹的呼啸声，此刻已经听不到了，只是偶尔听到几声秋虫凄婉的鸣叫。在简陋的茅草棚里，一盏小油灯闪着微弱的光芒，映照在阿妈妮那布满皱纹、充满焦虑的脸庞上。只见她手里端着一个盛着稀粥的小铜碗，来到躺在草垫上的志愿军伤员身边，对站在旁边的小孙女英子说："去把苏嘎儿取来，给志愿军叔叔喂饭。"我一时没弄明白阿妈妮说的是什么意思，心里纳闷：苏嘎儿，苏嘎儿，什么是苏嘎儿呢？等小英子取来一个小铜勺，我才恍然大悟，哦！原来朝鲜人把小铜勺叫苏嘎儿……

那是1951年深秋季节，三八线西段临津江畔，高旺山阵地阻击战正如火如荼、寸土必争地进行着，前线不时地传来震耳欲聋的爆炸声。

我所在的前线救护所，配置在隐蔽的山谷丛林里。几天来，连续接到从阵地上转移下来的伤员。一天下午，手术组又接收了一位姓颉的志愿军伤员，只见他双手受伤，上肢扎着止血带，面部包着三角巾，因失血过多，处在休克昏迷状态，急需立刻手术。经医生细致查看面部伤情，发现小颉是复合伤，除双手有伤外，下颌部有外伤，口腔内牙床受损，几颗牙已松动。医生给小颉做了手部外伤的止血清创，固定好牙齿，又做完颌面手术，当即指定我特护小颉，并特意吩咐给伤员饮食时，不要吃硬食物，以免碰伤牙齿。术后的小颉逐渐苏醒过来，问医生："阵地还在吗？一班长救下了吗？"在场的战友告诉他："阵地在，一班长救下来了，你放心吧！"小颉是固守阵地的二营机枪连卫生员，是位勇士，在战壕参加战斗，又抢救伤员。这次抢救伤员时负了重伤，还惦记着阵地，惦念着受伤的战友，倍受大家敬佩。

因安置伤员的防空洞还没构建好，我联系到当地阿妈妮家一处茅草棚。据阿妈妮说，原来的房屋早已被敌机炸毁，这处简易茅草棚是后搭的。我便背着小颉来到阿妈妮家，热情的阿妈妮帮助收拾好这个不大的草棚，还铺上了草垫。她见到小颉伤情很重，疼爱地说："到家了，好好养伤吧！"小颉感动地说："谢谢阿妈妮！""一了儆不捎（不客气）。"阿妈妮说。

小颉急着要水喝，我问阿妈妮：“木儿一捎要（有水吗）？”“一捎（有）。”她说着转身去取水。说话间，只见一个扎着羊角小辫，穿着小裙子，八九岁的小姑娘双手捧着盛满水的爬嘎机（葫芦瓢），阿妈妮端着一碗粥，一起缓步走来。我立刻迎上接过水瓢，想给小颉喂水，但他双手有伤，颌面用三角巾包扎，水瓢无法靠近嘴唇，我只好用纱布块蘸水，捏着一滴一滴、慢慢地滴入他干裂的嘴缝里。见此情景，站在眼前的阿妈妮放下手中碗，告诉小孙女：“英子，巴里巴里苏嘎儿（快快去拿小勺）。”只见小姑娘转身伸开双臂，蹦蹦跳跳像只小燕子，飞快地衔来一把淡赭石色小铜勺，阿妈妮让我扶着伤员呈半卧位，用纱布护着伤口处。她用苏嘎儿小心地给小颉喂水。坚强的小颉受伤后没有喊过一个疼字，但现在他吸吮阿妈妮苏嘎儿里甘甜的水，如同阿妈妮的乳汁滋润心田，感动得含泪欲滴……

在秋季攻势中，敌机不断采取绞杀战，轰炸我方补给线。前线食物只有单一的炒面，阿妈妮见我几次给伤员喂的都是稀溜溜的炒面糊糊，她看在眼里，急在心上，那颗慈母般的善良之心不断涌动，想给志愿军伤员做红薯粥换换口味。但白天敌侦察机在上空不断地转悠，不易外出挖红薯。于是在傍晚时，她头顶笸箩，手拿小镐，带着小孙女英子急匆匆地登上山坡地。我在巡诊的山岗上看到了她们，便急不可待地跑去帮忙。在长满藤叶的地垅里，我们刨出一个个紫红的带着泥土味的红薯。我拿起一个红薯问阿妈妮：“阿一个朝鲜马乐么呀（这个朝鲜话叫什么）？”“高古马。”阿妈妮说。我帮阿妈妮把这沉甸甸的一筐箩红薯送回家。大约过了一个小时，阿妈妮端来一碗掺着小块红薯的玉米粥放在小颉身边，不停地用苏嘎儿搅着粥散热，让我扶起小颉呈半卧位，护着伤口，阿妈妮亲手用金黄的苏嘎儿给小颉喂粥。英子也拿来几颗板栗，剥了皮要往碗里放，阿妈妮说：“太硬，不好咽。”机灵的小英子又回去拿了几个鹅黄的野软枣，挤出果汁放在苏嘎儿里，让奶奶喂。天真的小英子问小颉：“叔叔，马喜一捎（好吃吗？甜吗）？”“好吃，甜。”小颉说。这小小的苏嘎儿糅进了阿妈妮对志愿军伤员仁慈的母爱，小颉被感动得言犹未尽，双眼已湿润，阿妈妮怕泪水流下湿了伤口，急忙用纱布块沾了沾小颉那感恩念情的泪珠。事后，我回赠给阿妈妮炒面，她说什么也不收，我说：“阿妈妮，一家人嘛！”朴实的阿妈妮无声地点了点头……

太阳落山，西边天空缀满鸡冠花似的晚霞，霞光透过窗棂，洒进茅草房。我正给小颉换创口敷料时，小英子悄悄地来到小颉身边，看到了血痕斑斑的创面，好似又见到被敌机炸死的爷爷、妈妈流血的场面，心在阵痛。她发现志愿军伤员表情很痛苦，心里豁然明白，伤痛在折磨他。小英子俯身贴耳对小颉说：“叔叔，我给你唱一首歌吧？”小颉睁大眼睛注视小英子，微微地点了点头。小英子轻轻地哼唱：“阿里郎、阿里郎、阿拉里郎……”稚嫩的、婉转的、雅淡的歌声在茅草房回荡着。晚风轻轻吹，把小英子的歌声传遍山村，传到远方，小颉远方的亲人能听到这歌声吗？歌罢，小英子又问："叔叔，我跳舞，你喜欢吗？"小颉欣然点了点头，小英子欢快地跳了起来。我不由自主地伴唱起朝鲜人人皆知的民歌："朵拉儿、朵拉儿、朵噢噢拉儿……"小英子柔美飘逸的舞姿像春花绽放，像彩蝶翩飞，像蜻蜓亮翅。伴随小英子轻盈的舞步，那茅草房，那草垫子，甚至整个大山都开始旋转起来，使小颉感到悠然自得。

阿妈妮也来到小颉床前，将他沾满血渍的军装换下，放在一个大木盆里，把它顶在头上，来到村头小溪边洗涤军装，只见清澈的溪水顿时被染成了淡淡的殷红，流向远方，绵绵数百里大山，荡起了一股暖流……

不久，小颉伤愈，要回到前线志愿军驻地，他特意来拜谢帮助他养伤的阿妈妮和小英子，我也随同前往。阿妈妮说："这个苏嘎儿送给小颉作礼品吧！"小颉说："谢谢阿妈妮的好意，这个我不能收，志愿军有纪律，爱护朝鲜人民一山一水、一草一木，不拿群众一针一线。"机敏的小英子说："奶奶，那我珍藏这个志愿军伤员叔叔用过的苏嘎儿吧！"大家欣喜地笑了起来……

苏嘎儿，是朝鲜人民日常生活中极普通的一件小物品，中国人称之为小铜勺。每当我看到小铜勺，就想到战火硝烟弥漫的朝鲜战场，想到那个僻静的小山庄，想到那位淳朴善良的阿妈妮。正是一把极普通的苏嘎儿，隐喻了血与火的峥嵘岁月，凝聚着患难与共的中朝友谊。

60 多年后，我作为一位赴朝作战的志愿军老兵，旅游来到朝鲜，四处寻觅，却没有找到那个僻静的小山庄，没有见到日夜思念的阿妈妮，也没见到活泼可爱的小英子。但每到一处餐馆，总能见到朝鲜群众手里拿着苏嘎儿用餐，触动我的遐想。我特地到一家朝鲜商店，精心挑选了一把金光闪闪的苏嘎儿，带回国内珍藏起来，作为我永远的精神寄托。

前线救护所的沙时计

夏末的一天，在抗美援朝战争第五次战役转入防御战期间，我所在的前线救护所经夜行军，于拂晓前来到四面环山的小山村——内南洞。由于战争的摧残，这里没有一栋房子，只有零星的废墟已被疯长的茅草覆盖着，村里听不到鸡鸣犬嚎，有时能冷不丁听到隐藏在草丛里的蛐蛐鸣啼。一条蜿蜒的小路沿着清澈的小涧伸向山沟松林里，引导我们来到松林深处扎营。

到达目的地，我们忘记了行军的疲劳，在松林山坡掘地施工，准备接收伤病员。为了施工与救治两不误，张所长亲自带领朱司药、护士维廉姐和我到军药材处领取急需的战救药品和器材。因前段的任务，粮袋已经空了，十字包瘪了，治疗组唯一的马蹄表在过临津江时，也和马驮的其他器材一起被敌机炸飞了，我们急需补充大量战救物品。

我们爬过两座山来到药材处，所长交药品器材申请单时，特意问王助理有没有马蹄表，发器材的王助理说：“没有，但有个沙时计。”他一边说着，一边顺手把沙时计递给我们。只见这个沙时计是两头呈椭圆形的玻璃器具，中间连通，内装细沙粒，外面用开窗的木壳保护着。王助理给我们示范，将装有沙子的一头椭圆形玻璃球倒过来，细沙子就流向空的一头玻璃球，耗时一分钟，用来计时测病人的脉搏和呼吸。维廉姐高兴地说：“我们正为缺表发愁呢，这小沙时计将是我们的小帮手。”

淋着大雨回到驻地治疗室，杨护士长迎上来看我们领回的药品器材。维廉姐递上沙时计说：“护士长，给你看个好东西。”护士长看后高兴地说：“有了沙时计，高压消毒器械、敷料就能计时了，有了准头；也能用作给伤病员测体温、脉搏、呼吸的计时。”

不久后，在一个漆黑的夜间，我提着马灯巡诊到五号防空洞时，发现患有风心病的吴玉成萎靡不振，有气无力地说：“卫生员，我心慌气短，难受呀。”我急忙一手切脉，一手拿沙时计，默数脉搏，他的脉搏微弱且快，一分钟 120 次。我立即请来李芳蕾医生进行抢救。李医生见病人已出现重度心衰，立即口对口地做人工呼吸，让我给病人注射强心剂，并做心脏区按压。此后，她又看着沙时计，用听诊器数着病人心脏的波动，听病人的心音，当听到心率逐渐恢复正常时，病人苍白的面容渐渐有了红润，病情转危为安。李医生欣慰地长舒了一口气，关切地问病人：“现在感觉怎样？”吴玉成说：“现在心不慌了，谢谢医生的治疗。”李医生和我继续通宵守护着病人，直到病情稳定时，我们才离开。返回途中，李医生说：“小侯，多亏你夜里巡诊，早发现病情变化，否则后果难以想象。”“这小东西对了解病情也帮了大忙。”我举着沙时计对她说。李医生说：“是的。”

那个夏天，雷雨频发，潮湿的防空洞里蚊子特别多，大家的手、脸部被咬得到处都是小疙瘩。有一天，维廉病倒了，大热天盖着被子，头晕脑胀，发高烧。我急忙拿体温计和沙时计给她量体温、测脉搏，发现体温已升到 39.5 摄氏度，脉搏一分钟 100 次。李医生让化验员张福臣给她化验血象，结果在血中检验出疟原虫，确诊她患了疟疾。于是李医生下医嘱，让我及时给她服了药，并帮助护理。当她高烧难以支撑时，维廉姐还让我背她上厕所。那种战友情在多年后见面时，她还记忆犹新。我说：“大姐，那是我应该做的，你不是也为我缝补衣服吗？”因我那时个子小，发的夏装裤子又肥又长，她给我裁剪合身缝好，我也至今没忘啊！

老战友姜华林是 1948 年由北京 29 中学参军的文化人，在五六八团卫生队任调剂员。一次，正遇从阵地上救护下来的伤员，是他们团二营四连的战士王大成，因伤情重，急需手术抢救。张所长和陈医生负责手术，让姜华林做麻醉，他心里有点儿胆怯地说：“所长，我没做过麻醉呀。”所长说：“你不是当过调剂员吗？现在我教你怎么麻醉。”一边说着一边拿麻醉用的口罩戴在伤员的鼻口上，告诉他用乙醚一滴一滴地滴上，让他问伤员的意识，同时让我拿着沙时计测伤员的脉搏，了解伤员心脏跳动的情况。当伤员进入全麻后，所长和陈医生开始配合手术，在麻醉的配合下，手术顺利地完成。伤员逐渐苏醒过来，当我用沙时计测脉搏时，已达到正常心率一分钟 70 次。王大成高兴地说：“谢谢医生和战友对我的救治！”所长说：“你在阵地光荣负伤了，我们应该学习你勇敢的精神。”

在那难忘的战争岁月里，正是这小小的沙时计，帮助我们夜以继日地抢救那些在战斗中负伤的勇士们。

记得回国后，1956 年我提干任卫生排长，补发了两个月的津贴费。我用 142 元买了一块英格手表，第一次用它给病人测脉搏时，我兴奋不已。后来，在沈阳医科大学心内科深造学习时，第一次见到心电图，使我大开眼界。再后来，我调到解放军总医院，见到超声心动图，还有能在视频上展示出心脏收缩真实状态等的先进监测设备。时代在发展，科技在进步，但我始终没有忘记战地沙时计，它虽然古朴简陋，但却真实而精确地记录着我在抗美援朝战场上经历的分分秒秒，以及抢救成功的一个个宝贵的生命。

原载于 2014 年 9 月 1 日《解放军报》。

战地山里红

深秋的夕阳，映照着层峦叠嶂的防御战地地域的群峰，山坡上已经成熟的野果山里红，一串串、一丛丛，深红晶莹，幸运地避开了战火的摧残。

那天，我给重伤员张玉成喂完饭，又给他服完磺胺等消炎药，之后走出防空洞，沿着山沟铺满毛草的羊肠小道匆匆地返回，路上见到了扎着两条小辫、穿着志愿军新冬装的石护士，因她比我们这些新卫生员大几岁，大家亲昵地称她为石头大姐。当时，她正坐在山坡的一块儿石头上，低着头聚精会神地在小红本上写着什么。身边发黄的橡子叶，乳白的橡子果，尤其是一颗颗红玛瑙似的山里红，像亮晶晶的眸子，注视着她小红本上疾速的笔尖、流淌的痕迹。

临近了，她已听到熟悉的脚步声，头也不抬就问："小侯，张玉成现在伤情怎样？"我说："伤员意识清醒，伤口未见出血，已能吃东西，石头姐，你在写什么？""记日记呗！"她说。我早就听说她有文化底蕴，做事细心认真，有板有眼，在战地她还有心记日记。我又天真地说："能让我看看吗？"她爽快地说："看吧！"说着顺手递过来，我恭敬地接着，霎时，我眼前一亮，看到她笔迹工整地记着："1951 年 10 月 16 日，星期五，晴。"我因文化低，怕有的字不认识，便说："大姐，你念给我听吧！我爱听你的京味儿话。"随即将日记本还给她，她开始朗朗上口地读给我听。

"今天，五六九团二营机枪连卫生员颉照林，在自己负伤失掉两颗门牙的情况下，不顾自身安危，从阵地上搬运负重伤的勇士张玉成下山，交给负责后送的同志。同时他也因重伤，面部流血不止，被送到我们救护所时，已出现失血性休克，陈医生医嘱立即输血并手术急救。因我负责治疗室工作，便立即通知化验员张福臣给伤员验血型。因伤情紧急，张化验员决定先找 O 型血者做直接交叉试验血型，因 O 型血给四种血型均可，我知道小侯是 O 型血，第一个找他，他二话没说，积极应试，经化验确认可供血时，他又第一个要求先给伤员输血。我是 AB 型，只能等待，如伤员是 AB 型，我也会义无反顾地献血。在配型正确后，我立即按照输血常规程序操作，给伤员输血，当战友的鲜血一滴滴、一串串像山里红一样，缓缓流入伤员的血管时，伤员张玉成苍白的脸，渐渐红润起来。陈医生的手术在输血的配合下，敏捷灵巧，顺利完成。伤员从休克状态逐渐过渡到脉搏、血压慢慢趋于稳定的状态。事后，我到防空洞外山坡采摘酸甜的野果山里红送给小侯和几个献血的战友，也留了一些，准备在伤员可进食时喂给他，以补充些营养。”

见到石头姐简练的文字时我叹为观止。石头姐的字那样流畅端正，尤其是每个字的下面齐刷刷地像在一条地平线上排列着。我说：“大姐，你的字写得怎么这样整齐划一呢？”她说：“从小练就的，我在北京西城光华女子中学上学时，老师对写字作业要求很严格，慢慢养成了习惯。”“可不，抄治疗医嘱时，你的字也写得很工整，写日记，仍这么一丝不苟，真佩服你。”见到她写日记，我心里萌发了写日记的念头，但心想自己一无笔、二无本子，怎么写呢？只是个想法而已，但不甘心，于是对她说：“能教我写日记吗？”她落落大方地说：“可以，但得坚持。”

听我说我没本子和笔时，她慷慨地说：“我还有一个小本子，你先用吧！”她起身回防空洞，不一会儿拿来一个小本子送给我。我说：“谢谢你。”她说：“不用客气，只要你愿意写就开始吧！”

在她的引导下，我的第一篇日记就叙述了石头姐教我写日记的过程。她看后笑容可掬地说：“可以，日记就是要真实，记载所发生事件的过程和你对事物的理解看法，同时还要能不断鼓舞志气，纠正你自己的所作所为，积微成著，为明天做好准备。”

石头姐一边说一边又让我看了她日记中记录的战地往事。

“7 月 12 日，星期日，阴，小雨：受伤的左腿关节水肿、疼痛，难以行走，战友小侯经常护理我的日常生活。为了治好我的伤痛，所长派他去军卫生处，给我领封闭止痛的奴夫卡因。那次领药时，正遇到敌机空袭，燃烧弹烧伤了他的右腿，他硬坚持着一步一步地、艰难地走了回来，带回我急需的药。见到他时，那受伤的腿，大血泡一个连一个，就像山坡上的山里红一样，裤子被烧焦，紧粘在皮肉上。我见后很心痛，用剪子一点一点地剪去烧坏的裤子，为了疗伤，我让他脱下烧坏的裤子。他羞涩得像未成熟的青绿的山里红。”看到这里我说：“大姐，你真心细，把一点儿小事都记在这小本上呀！”她说：“咱们是亲如姐弟的战友，在血与火的战场上，相互帮助是应该的，但不能让它在记忆中流失。”

从此，坚持记日记的习惯，促使我留意发生在战地的事。我们每天忙着给伤员们送水送饭，给重伤员还要喂饭、喂水、翻身、服药，没有大便器，还要从防空洞背着伤员去上厕所。这次我遇到一个大难题，伤员张玉成出现便秘，束手无策之时，向石大姐报告，她机敏地拿着灌肠器具——一个橡皮球两头连接着胶管的简单器械，将肥皂块削成小片，配成 0.2% 的肥皂水，用橡皮球挤压灌肠，不一会儿伤员就开始排便了，伤员感动地说：“谢谢护士的帮助。”她说：“这是护理本职工作，不用客气。”我第一次学会灌肠。此后在护理伤病员中，大姐还教会我量体温、切脉搏、测血压。尤其是为了打针，她让我在她臂肘腕部扎血管，她说：“这很重要，如急救伤病员，不会扎针，怎么救治伤员生命呢？”她挽起左臂衣袖，指着肘部血管说：“来吧，扎几次就会了。”她一手捏着肘部止血，只见一根青色静脉的血管，渐渐清晰地露在她白净的皮肤下。“大胆地扎吧！”她说。“大姐，你不怕疼吗？”我心痛地问她。“不怕！”我小心翼翼地扎下针，因手颤第一针扎偏了，未见回血。我第二次用力过大，扎穿了，她让我再扎，仍未见回血。我额头已冒汗，迅速拔针，第三次才扎准。我说：“大姐，让你受疼了。”“只要你学会就好。”她腼腆地朝我笑了笑，脸上泛起红润，那笑容像山里红一样美丽。我立马把这一切都记在了日记本上。

时间在不停地流动着，我的小本上不断增添新的内容。这天，我写日记时钢笔没墨了，大姐见到山坡上鲜艳的山里红时，灵机一动，对我说：“小侯，你摘几个山里红，咱们蘸着试试能写成字吗？”我摘了几颗山里红，挤出汁，她惊喜地见到，笔迹虽然不那么清晰，但还可以辨认出来。为了更清楚，她又加了几滴红药水，这时，一行行小字，像一串串山里红，密密麻麻地排列在日记本上。

1952 年一个春光明媚的日子，来自祖国的人民慰问团，带着慰问品来慰问我们，我们救护所收到了慰问信和多种生活用品。我和石头姐最钟情封面上有“为了祖国”字样的笔记本和几支铅笔。我如获至宝，在这个有特殊意义的笔记本上续写着战地的日日夜夜。

60多年过去了，我一直珍藏着两本战地日记本。每当我翻阅时，就会情不自禁地想起引导我写日记的石头姐，想起战地的山里红，那朴实、红亮、晶莹的山里红，映出令人难忘的如火岁月，也点燃了弥足珍贵的战友情。

原载于2014年5月《军休之友》。

地境洞的捣衣声

我耳畔经常响起棒槌敲击石板的捣衣声，嘭、嘭、嘭，声音不快不慢，清晰而有节奏。这扣人心弦的捣衣声来自朝鲜一个偏僻的小山村。

那是 1952 年暮秋，我们救护所由前线外南洞转移到四面环山、十分隐蔽的地境洞。山坡被郁郁葱葱的松树覆盖，一处山崖挂满赭色的藤蔓，鹅黄的野菊花簇拥崖下一眼山泉，涌漏出一潭清澈的泉水，缓缓地在山间流淌，滋润着几户山寨人家。即便是这样僻静的小村落，也没有能够幸免于战争的摧残。小溪两边散居的民宅都被敌机炸成了废墟，山谷里的一切，显得十分静默。但秋雨助茅草拼命疯长，草丛里那些虫儿的细碎声音，仍然淡定欢悦。不屈的人们不离不舍在自家旧址旁边，有的搭起茅草棚，有的用山木支撑起防空洞，坚强地生活着。

我们刚来的时候，还没能够建起防空洞，但我护理的伤员，被临时安置在一位姓朴的阿妈妮家中，那是一个不大的茅草棚。伤员因伤情重，生活不能自理，一切由我护理照料。阿妈妮年已半百，满头银发，身边只有一个六七岁的小孙女媛媛。媛媛天真活泼，待我们很热情，常常帮伤员铺铺草、送送饮水，我们也像到自己家一样，感到十分温馨。因当时物资极为匮乏，伤员从前线下来，一没被褥，二没换洗衣服，负伤时沾血的衣服也无法更换，尤其是那些包扎在伤肢上的绷带、三角巾，也被渗出的血污染。我将伤员交换下来的敷料放在铺草的地上，准备洗后消毒再用。这些情况，被阿妈妮看在眼里，记在心上。

阿妈妮急忙拿来一个大木盆，将血染的敷料收敛在盆里，看到伤员们的血衣，她又拿来自家的被子，一边嘴里咕噜咕噜说着我听不懂的朝鲜语，一边比画着让伤员脱下血衣，给伤员盖上干净被子。她将伤员脱下的血衣放在木盆里，并大声喊小孙女:“媛媛，巴里巴里（快，快）拿来捣衣棒槌，抱一捆荟蒿。”阿妈妮警惕地仰头向天空看，又侧耳静听是否有敌机飞来，当她判断无敌机来时，便抓紧时机，顺手拿一个小草圈放在头顶上，双手托起沉甸甸的洗衣木盆，放在草圈上，唤媛媛跟她迎着夕阳向小溪边走去。这时，阿妈妮在蜿蜒山路上走动，只见头顶上盆里的血衣在晚霞中十分红艳。小媛媛身穿的粉色小裙也像小蝴蝶一样迎风飘舞。然而，阿妈妮的心里却流淌着勇士们鲜红的血，她急切地在溪边一个青石板旁放下衣盆，只见清粼粼的泉水在青石板周边恬静地流淌，当阿妈妮将一件血衣浸入溪水中揉搓后，只见泉水中霎时出现一片殷红，顺流而下，在溪床鹅卵石的颠簸下，荡漾成深沉的涟漪，流向远方，渗浸在这片土地里。懂事的小媛媛递给奶奶去污的荟蒿，放在血衣上，阿妈妮用捣衣棒槌击着，衣上的血水像淡红的珍珠，四处飞溅，捣衣声在静谧的山谷中回响。这时，半拉月牙儿静悄悄挂上了树梢。小媛媛对奶奶说："奶奶，你看月亮出来了。"银色月光从松间筛漏下来，看到阿妈妮的辛劳，夜空颗颗星星也像洒下了感动的泪珠。小媛媛也帮助奶奶拧湿衣，想早点儿给志愿军伤员换上洁净的军装，以表抚慰心意。

我随后赶来时，见阿妈妮仍在捣衣，汗水已浸透她的脊背。我不忍心地说了声："阿妈妮，你受累了。"阿妈妮捋了捋额前被汗水浸湿的头发说："一了奥不捎（不累），志愿军在前线不怕流血牺牲，感激不尽呀！"阿妈妮哽咽地唠起不久前的那次敌机的轰炸，轰炸不仅炸坏了她家的住房，而且夺去了她老伴儿和儿媳的生命。当时她正和小孙女在地里拔草，因此幸免于难。后来多亏基温贡（志愿军）帮助给搭起草棚房，她们才有安身之地。我问起孙女父亲之事，阿妈妮又惦念地说："儿子参加人民军上前线了，很久没有消息，孩子时常问起他的事呀！"我敬佩地说："噢！大哥参加人民军，同我们志愿军并肩战斗呢。""媛媛见到穿军装的你们可高兴啦，你看她也帮助洗血衣呢。"阿妈妮感慨地说。

我抬头时，只见小嫒嫒用稚嫩的小手揉搓带血的小敷料，一边洗涤一边唱起“道拉基，道拉基，道噢拉基……”。唱着唱着，拿着洗好的纱绷带，轻盈地扭着小身子，旋转跳跃，翩翩起舞，阿妈妮的捣衣声为她伴奏，嘴里也哼起我听不懂的歌声。这捣衣声飞上夜空，月儿也像醉了，更显明亮，松林栖息的猫头鹰也在为她鸣笛，啄木鸟也在叨叨地击打配音。

此后，热情的阿妈妮经常帮助伤员洗军装，阿妈妮成了我们救护所的义务洗衣员。

那年冬季，天气特别寒冷，滴水成冰，那个常年涌淌不断的泉水，成了一处高高的小冰山，晶莹透亮，那潺潺的流水声也被厚厚的冰隔音了，唯有溪边那块阿妈妮捣衣的大青石板没被寒冰覆盖，兴许阿妈妮的热心融化了青石板上的冰水。

一天，前线又送来一批伤员，有的伤员头部受伤，棉帽上沾有血迹，有的棉衣被炸开，雪白的棉花染上鲜红的血液，暂时没法更换。阿妈妮看到我正忙着给伤员换伤口敷料，急切地对我比画着说：“把伤员搬到我家草棚里，安置在热炕头，别冻着。”她与我一起把伤员抬到炕头后，又顺手拿来棉被，让我脱下伤员有血的棉衣，盖上棉被。她抱起棉衣放在木盆里，带上捣衣棒槌，让我拿上镐头，“巴里巴里，卡哨（快走）。”在雪地上，阿妈妮头顶着木盆，一身洁白的衣裙，胸前上衣结带，在寒风中嗖嗖飘浮，不多时，寒冷的薄雾使阿妈妮的眉毛和额前斑白的头发挂上了雪霜。在洁白的雪地上，阿妈妮像一朵绽放的雪莲花。

来到泉水小溪后，阿妈妮用镐头刨开了一个冰窟窿，见到冰水后，她急不可待俯下身，用爬戛机（葫芦瓢）往木盆里舀水。她不顾滴水成冰，便在冰面上刷洗血衣，不一会儿，手冻僵硬了，她用嘴哈哈气，在衣裙上擦擦手，又将血衣拎在青石板上，用捣衣棒开始捣衣，将衣中饱和的冰水捣得四处飞溅，那一滴滴水在冰面上堆积，像一串串透明的佛玉带。

活泼好动的媛媛拎着滑冰用的小爬犁，要去玩溜冰，见到一处如镜的冰面时，立刻放下爬犁坐稳后，左右手各握紧一根支撑棍捣动着向前滑。奶奶关切地说："小心别摔着！"话音刚落，媛媛一不小心，滑到一个隆起的大冰块上，被摔了个四肢朝天，小爬犁飞溜了，把媛媛滞留在冰面，我急忙撂下镐头，上前扶起小媛媛。奶奶疼爱地问："摔疼了吗？"媛媛却哈哈大笑。奶奶说："别玩了，来帮我撩水。"听话的小媛媛接过我从冰窟窿舀出的冰水，往奶奶捣的衣上慢慢撩，小手冻得通红，"冻疼了吧！"我心痛地问。她笑嘻嘻地说："一了奥不捎（不痛，没事了）。我帮她擦了擦手上沾满的冰水，然后焐暖。小媛媛说："高马思密达（谢谢），叔叔。"我也被孩子的话温暖许久。这时，阿妈妮已洗了不少血衣，我急忙拎起血衣，在冰窟窿里上下浸淘，和阿妈妮一起拧干后放在木盆里，我要抱起衣盆时，阿妈妮利落地抢过衣盆，用头顶着返回。寂静的山谷，松林伫立，回荡着阿妈妮脚踩雪路时发出的咯吱、咯吱的声音。

为让洗净的衣服尽快晾干，阿妈妮又急着蹲在灶膛口，点燃柴草，那灶火发出吱吱声，和阿妈妮的热心一起，烤着湿漉漉的绿军装，这火光也映照着阿妈妮被沧桑岁月留下皱纹的橙黄脸庞。我陪着阿妈妮，她催我去休息，我没忍心离开，倚在灶房草堆上，嗅着中草药味道的清香，我不知道什么时候睡着了，梦中，我又听到阿妈妮的捣衣声，那分明是抗美援朝战争乐章中跳动的音符！

原载于 2014 年 9 月《军休之友》。

革命军人证明书

农历腊月二十八，小孙子帅帅一进门就满面春风地说：“爷爷，给您一件珍贵的东西。”我顺手接过来展开一看，是革命军人证明书。我惊喜地问：“从哪儿找来的？”他说：“刚才去医院看牙时，在那儿工作的叔叔从老家带回来的。”还捎回两本陈旧的深红色的战地日记本，封面上印着“为了祖国”。我端详着它，虽然已年久褪色，但墨迹依然清晰可辨。我如获至宝，爱不释手。细细翻阅，沧桑岁月历历在目，引起我久久的回忆……

那是1951年年底的一天，我随担架队，护送一批在三八线西部阻击战中光荣负伤的重伤员。从西线兵站医院回来，石班长听了任务完成情况后，便告诉我到文书那签登记表。我诧异地问：“已参军入朝一年了，现在还签什么表？”“有好消息，去了就知道了，快去吧！大家都签了。”班长如此说。

一见文书，他就急忙招呼我：“小侯，快来登记你家详细地址，要给你邮寄‘革命军人证明书’和立功喜报。”他一边说一边顺手递给我一张证明书，只见证书上已写好我的名字，写好了我的单位和职务——志愿军第十九兵团六十四军后勤部医疗一所卫生员。还印着“家属按革命军人待遇享受优待”。证明书上面盖着“中国人民志愿军政治部”大红印。这质朴的文告，使我心身温暖，倍感亲切。

“因为快过年了，国内正开展拥军优属支援前线活动，把证明书先寄到当地政府用作优属凭证，然后再转交你家，这也是向你家报平安呀！”文书解释道。我又好奇地问：“我的同乡战友谢贵良，因伤已送兵站医院，还给寄证明书吗？”他说：“会寄的。”并让我把小谢的地址也作了登记。他还告诉我，现在有军邮，可以给家里写信了。因入朝已一年，一直没机会给家里报音信，听到这个消息时，我既惊讶又高兴，问文书：“真的吗？”他说：“那还能有假。”说着还关切地递给我一张信纸和一支铅笔，催着我快去写信，好一起寄走。我急忙写了封报平安的短信交给了他。这会儿，我的心仿佛已飞回祖国，飞到家乡……

回到防空洞，听到战友们也在纷纷议论着证明书的事，大家敞开心扉，谈起参军的经历，个个儿讲得栩栩如生，滔滔不绝。石班长问起我：“你那么小，怎么来当志愿军？父母舍得吗？”于是我也讲起参军经历。其实我参军很简单，去年正月十五家乡刘淡村庙会时，学校组织高跷宣传队，赶元宵节庙会。同学们分别化装扮演成工、农、兵、学、商形象，有的还穿上古戏装，在人山人海的庙会上宣传“抗美援朝，保家卫国”内容。这一宣传，激发了刚刚解放、经过土改翻身后的农民们支援前线的热情，正好那一天，乡政府在动员参军，我便和同学们去报了名。但征兵的陈排长说：“你们年龄太小，不够入伍条件。”这像发热的头上被泼了一盆凉水，有的人灰心了，但我没动摇。那时我刚满 14 周岁，在学校入了团，上进心很强，和几个同学商量后，反复缠着陈排长给我们报名。谢乡长也帮我们说话，他终于答应了，但他说：“参军后不能因为困难打退堂鼓，别后悔呀！”我们斩钉截铁地说：“不后悔！”

不久后，我们这群没出过远门的毛小子，在乡亲们的欢送下离开了家乡，跟随着陈排长踏过渭河，来到秦岭山下驻防在眉县槐芽镇的部队。我和谢贵良被分配到卫生队，任卫生员。当时的心情十分好，俗话说：“好铁要打钉，好男儿要当兵。”我为自己能够成为一名革命军人而感到自豪。

当时，正赶上部队大张旗鼓地动员入朝参战，驻地到处贴着标语，不时听到志愿军战歌“雄赳赳，气昂昂，跨过鸭绿江……”“嗨啦啦啦啦嗨啦啦啦，天空出彩霞呀，地上开红花呀，中朝人民力量大呀，打败美国兵呀……”听形势报告，开会表态，递交请战书……看到这些场面，尽管刚到部队，我们的心灵也被深深地震撼了，于是我们义无反顾地递交了请战书，当上了志愿军，奔赴前线。为此我感到无比光荣。

石班长听了我的讲述，风趣地问我："现在这么艰苦，后悔了吗？"我依然斩钉截铁地表态："不后悔！""像个男子汉！"她夸道，还关心地问我是否给家里写信了。我说："写了。"此刻，我还要把这个好消息，告诉在防空洞里的那些我负责护理的伤员，让他们也给家里报个平安，石班长催促我说："快去吧。"

接下来的日子里，前线天空硝烟弥漫，炮声不断，我们日夜坚守在前线救护所里，为负伤的战友们疗伤。隐蔽的山谷防空洞里，充满了思乡的情绪，但战友们乐观顽强的精神深深地鼓舞着我，细心的石班长掰着指头数："还有几天就过年了，收到咱们的证明书了吗？"正当战友们也期盼着回音的时候，一天，通讯员小张手里拿着几封信，踩着厚厚的积雪气喘吁吁地向我们跑来，老远就喊："来信啦，来信啦！"那是入朝后第一次听到来信的消息，大家都竖起耳朵听："小闻、小李家里来信了。"小闻边看信边说："是舅舅来的信，我从小失去父母，在舅舅家长大，当地政府接到证明书后非常关照，敲锣打鼓登门送证明书，并送了白面、白糖、红对联等慰问品呢。"又过几天，家住北京的石班长家也来信说，区里邀请军烈属开茶话会，看慰问演出，还给她寄来了照片。这些信和照片被大家互相传递着看。同乡李煜问我："咱们那儿怎么没回信呢？"我安慰他别着急，会来信的。正月十五，我终于盼来了家里的第一封信。信中说，乡政府非常重视，乡里的秧歌队敲锣打鼓来到家里，送来革命军人证明书，并在门口挂上“光荣之家”牌匾。村里的大人小孩儿都围着，就像我参军时一样喜庆。

现在两位老人虽已谢世，老房子随着农村大发展也被拆了，盖起了两层楼，三弟还珍藏着1952年那个龙年的这张“革命军人证明书”，在我古稀之年，又一个甲子龙年时转递给了我。

原载于2013年3月《军休之友》。

立功证书上的毛主席像

最近，我在整理书屋时，发现一个珍藏多年的小红本，尽管已变旧褪色，但“立功证书”几个字还熠熠生辉。打开一看，第一页上的毛主席像清晰醒目地展现在我的面前，勾起了我久远的回忆……

那是 1952 年深秋季节，15 岁的我已经参加志愿军一年多了，在朝鲜战场经历了四百多个日日夜夜。我所在的前线救护所，因任务变换，转移到新的驻地——内南洞。这里已被敌机轰炸成一片废墟，废墟里长满青草，青草在荒芜的村落，再绽新绿，显得突兀却又动人。死寂被青草打破，它打动着隐匿在草丛中看不见的秋虫。它们劫后余生，怀着欢喜，亮开高音，啾啾地在歌唱，似乎在欢迎志愿军的到来。

村中一条清澈见底的溪水，潺潺流淌。我们踏着溪边那条铺满青草的蜿蜒小道，进入村后松林里，放下行装。所里要求我们尽快分散构筑防空洞，特别强调要遵照毛主席关于志愿军要爱护朝鲜人民一山一水一草一木的指示精神。在挖防空洞掘开山坡草地时，我们特别注意爱护植被，将铲的草坯覆盖在防空洞上作为伪装。这样既爱护了青草，我们也能够隐蔽在草丛的环境中……

经过两天紧张的劳动，我们构建好了防空洞，开始接收前方送来的伤员。一天，我刚给重伤员小芦换了敷料，喂完消炎药，就听到班长喊我，我应声后，他气喘吁吁来到防空洞说："好消息，所里通知领立功证书。"当听到这个消息后，我既惊喜又纳闷，问班长："我什么时候立过功呢？"他说："你忘了，去年秋季防御战胜利后，因战救护理任务完成得好，所里给你报的三等功，因当时条件困难，没有发什么证明。"我又天真好奇地问："你见过立功证书吗？有啥用呢？""没，做个纪念呗！"他说。

说话间我们就来到了所部防空洞，先到的有二班的邬子江、三班的宗政和许栓柱等战友。

我们先是听了贾教导员传达军庆功会精神，随后他和盛凤舞所长亲自给我们颁发证书、英雄手册，还给我们戴上了朝鲜人民政府给志愿军颁发的军功章，并语重心长地要求我们珍惜荣誉，再立新功。

当我们接到证书后，都急不可待地打开证书看其内容，只见证书第一页印有毛主席像。瞬间，暗淡的防空洞像开了一扇天窗，射入一缕阳光，敬仰之意油然而生。见到毛主席像后，有的战友说："毛主席来到我们跟前，来到前线指挥我们战斗！"有的说："这是第一次见到毛主席照片像。"大家纷纷回忆起第一次见到毛主席像的情景，来自四川自贡的邬子江说："我是参军后，在抗美援朝动员大会主席台上，第一次看到毛主席巨幅画像，仿佛聆听毛主席号召我们'抗美援朝，保家卫国'动员令。"来自北京的石景云大姐回忆说："北京刚解放，学校组织我们手持鲜花、彩旗，列队欢迎解放军入城，我见到前导车头上挂着毛主席、朱总司令的巨幅画像，车厢两侧挂着'解放了，天亮了'的横幅标语，解放军手持枪支威武雄壮，军乐队奏着'向前，向前，向前！我们的队伍向太阳……毛泽东的旗帜高高飘扬……'我的心被震撼，就在那年，我和几个同学主动报名参加了华北军区军政干校。"石大姐问我："小侯，你是什么时候第一次见到毛主席像的？"我说："学校为动员抗美援朝参军，组织秧歌队宣传，我和同学张林林抬着一幅毛主席画像，走在队前引导，近距离看到毛主席画像，倍感亲切，之后我毅然报名参军入朝。"

1937 年参加革命的"老八路"盛所长，看大家对立功证书上的毛主席像那么专注，那么深情，便说："我这里还珍藏着一枚毛主席像章呢！"他说着从小包里掏出一枚金光闪闪的纪念章，并介绍说："这是参加解放战争胜利后发的纪念章。"大家争先恐后传递细看毛主席像章。我们这些入朝参战的新兵，对"老八路"获得的荣誉倍加敬重，所长还鼓励我们继续努力，保卫祖国，为毛主席争光。

不一会儿，我们要离开时，教导员让我陪他到伤员住的防空洞，给伤员中立功的勇士颁发立功证书，我便高兴地陪同前往。一进防空洞，小芦要看我的立功证书，我说："贾教导员特意给你颁发证书。""噢！还有我的？"小芦说。教导员说："小芦，接到前线传来的消息，你是人民功臣，特意给你颁发立功证书。"教导员一边说着，一边把证书颁发给他，当他见到证书第一页上的毛主席像时，激动地说："我见到毛主席像了，太高兴了。"接到朝鲜政府颁发的军功章时，他高兴地说："谢谢朝鲜人民的关爱。"高兴中，他犹豫地问了一声："教导员，我还能重返前线吗？""能，一定能，现在你要安心养伤。"教导员说。小芦欣慰地笑了。

在防空洞中，伤员们听到小芦领到立功证书，也互相传递看证书，特别是见到毛主席像时，都怀着敬意仰望着，每个人都往心里印记着毛主席的形象，并感激着毛主席领导我们取得的每一个胜利，防空洞里大家不由自主地唱起："东方红，太阳升，中国出了个毛泽东……"

时光荏苒，60 多年过去了，我们这些志愿军老兵已到了耄耋之年。

那天，我手捧立功证书，仔细端详着毛主席像，心情久久不能平静……

原载于《国防参考》杂志 2018 年第三期。

英雄手册

每当见到60年前的《英雄手册》，我亲历的抗美援朝战争中那血与火的场面就像发生在昨天般涌现在心头。。

1951年6月下旬，第五次战役已由进攻转入阵地防御。在三八线一次著名的阻击战胜利之后，我所在的第六十四军医院战地救护所要转移到新的地方——三家里。

出发前，张书诚所长给我们进行动员时说："这次仍要夜行军，因白天在战地上空，有被大家称为'黑寡妇'的侦察机不时地低空盘旋侦察，稍有不慎便会引来敌机空袭。我们要去的目的地，虽然只有几十里，但要爬山过河，道路艰险，每个人要携带救护器材，又要照顾好同行的伤病员，尤其要通过敌机夜间不定时轰炸的山口封锁线。同时，时间也紧迫，必须在天亮前过河，并迅速冲过封锁线。大家要有吃大苦、耐大劳的思想准备，保证完成这次任务。”

班长石景云做出具体安排，让大家抓紧准备。不多时，夕阳升起，战地上空的硝烟在夕阳的照耀下独具特色；前线敌机的轰鸣声、炮火声以及各种持续不断的爆炸声，已经逐渐稀疏，夜幕即将笼罩大地。

就在即将出发时，前线又匆匆送来五名伤员。担架员介绍说：“他们属于‘道峰山营’所在的第一九零师五六九团，在坚守阵地战中负了伤。两名重伤员中，一名左下肢炸伤，来时扎着止血带；另一名姓王的伤员头部和眼部受重伤。”张所长见状当即决定，让有眼科专长和有抢救战伤经验的甄绍文医生负责，并留下我们护士一班和担架班几名同志配合，马上抢救。

甄绍文是位女医生，身材高挑，双目炯炯，性格开朗，工作认真。她接受任务后，立即给我们分工，让石班长做她的手术助手，护士卢维廉、张淑娥负责器械敷料传递，邬子江和我负责解换绷带、固定夹板……她自己敏捷灵巧的双手忙个不停，一会儿给伤员细致地麻醉、扩创，一会儿结扎血管、缝合伤口。不多时，两名重伤员的手术就做完了。

甄医生嘱咐我一定要特别护理好那位包扎双眼的伤员，行军中要我和他寸步不离。

夜幕已经降临，高高的夜空挂起了半个月亮，月光透过林间的枝叶洒在山区的羊肠小道上，像一条银色的飘带。

我们开始了夜行军。根据王同志的病情，我建议给他安排担架。但他很坚强，一再表示，腿没有伤，能走，说什么也不肯。我只好找了根树枝作为我俩的衔接棍，引领着他前行。行程中，路边草丛里，蛐蛐在啾啾鸣叫，不停地伴随着我们的脚步声起伏，小溪潺潺的流淌声，好像鼓舞我们前进冲锋的战鼓声……

当我们又一次爬过一座山坡时，一名伤员突然说："卫生员，我走不动了。"说着，他突然气喘吁吁地坐在了地上。我问他："你怎么了？"他说："我心慌，腿软，没劲儿了。"我摸他脉搏，跳得很快，手出虚汗。他告诉我他已一天没吃东西了。我立即给他喝了点儿水，并将带的炒面拌了一小缸让他喝。我劝他："你别急，休息一会儿会好的。"我还内疚地说："出发前，只顾抢救了，没问你们吃没吃东西，真有点儿对不住了。"随后，我立即给班长汇报了情况，让其他伤员都吃了一些炒面。

我们在短暂休息后继续前进。此刻，突然听到敌机的轰鸣声，一会儿，漆黑的夜空就被敌机投下的几枚飘浮的照明弹照得如同白昼，这是敌机在封锁线上空投炸弹前常用的手段。

快到封锁线了，甄医生和班长商量后决定，要趁敌机轰炸前过河，冲出封锁线。这时，大家轮换着抬着一名重伤员，互相搀扶着轻伤员，加快行军步伐。

远处山岭已露出微弱的鱼肚白，松林深处传来布谷鸟的叫声，这声音划破了静谧的山谷，预示着黎明即将来临，更促使大家加速前进。

我陪伴的伤员因眼部有伤，观察不了脚下的情况，每走一个坑洼处，我都要提醒他注意，怕有闪失。正说着，一不小心，他扑在我身后，把我推趴下了，但还好，他没有摔伤。我却摔伤了鼻子，我用药棉塞进鼻孔止血，继续指引着他前行。

终于下山到达河边，只见那座架在河上的桥早已被敌机炸坏。我看见桥头有防空哨，便去询问河水的情况。哨兵说："已到雨季，这里河水较深，应该往上游走几百米，那里河面宽，但河水较浅，便于过河。"听了他的介绍，我们决定绕行。到达选定的过河地点后，我先试探河水深浅，然后立即背着伤员迅速蹚水过了河，并将这名伤员安排在安全的地方休息，接着又迅速返回，护送其他伤员过河。几名女护士不会游泳，平时尽管很坚强，但见了河水发怵，直喊："小侯，快帮我们过河。"我们几个男同志又返回，徐栓牛背着伤员，邬子江帮着张淑娥，我背着卢维廉大姐。大家同心协力，很快就过了河。

这时，只见四架敌机向下游山口俯冲扫射，投下炸弹和燃烧弹，瞬间烈火熊熊燃烧。我们俯卧在山边的坑洼处。我心想，如果不是及时过了河，将会遭遇一次劫难。

当我领着伤员走上一个山岗时，只见山脚下一片片废墟旁，冒出一缕缕炊烟，我猜想，这里可能有村民居住。下山后，我让伤员在道边等候，我来到一个防空洞口，喊道："阿爸基、阿妈妮！"这时，从防空洞里出来一位老人，他说："基温贡么呀（志愿军，有什么事吗）？"我问："要给洞来，某什洞来思密达（这个村子叫什么村)？”他说：“三家里。”我说：“高马思密达(谢谢)。”

我高兴地报告班长，到“三家里”了。当大家走到阿爸基的防空洞前时，只见阿妈妮挎着受伤的左手也在道边等候。她看见我们抬着伤员，背着红十字包，还有女同志，热情地跟我们打招呼。原来，她在前几天敌机轰炸时受了伤。甄医生马上为她查看伤情，吩咐我用生理盐水给她清洗伤口，进行包扎，并给她留了一些口服的消炎片。两位老人非常感动，说：“高马思密达(谢谢)。”我们走时，阿爸基还要给我们带路。

不一会儿，我们进入深山，终于与前期到达的同志会合了。所长见到我们和伤员同志安全抵达，非常高兴，让大家把伤员安排在安全的地方休息。

在这段战地救护中，我和大家先后抢救过40多名伤员，所里在总结战救工作时，给我立了三等功，在上级组织的庆功会上，向我颁发了这本让我珍藏60余年的《英雄手册》。

原载于2011年11月1日《军休之友》。

顶水罐的朝鲜女孩

她是一位刚满 10 岁的朝鲜女孩，头顶着水罐，走在崎岖的山路上，薄纱似轻雾一样在她身上缠绕，温柔的山风吹动着她的小裙子。远远看上去，她宛如一只彩蝶，飞舞在山山岭岭。这令人难忘的一幕经常浮现在我的梦里。梦中的小英珠，如今你在哪里？

那是 1952 年初春，我所在的前线救护所，因防御战任务需要转移到新的地域——茅草洞。当暝色入群山时，我们背着救护器材，护送着伤员踏上山中的蜿蜒小路，开始长途跋涉。天色逐渐黑下来，敌侦察机依然呼啸盘旋，时而传来的爆炸声似轰轰响雷，冲天火光划破寂静的夜空，但这并不能阻止我们前行的脚步……

一夜行军，汗流浃背，口干舌燥，但水已喝光，听到队伍准备宿营休息，石班长便急切地喊：“小侯，快给伤员们找点儿水来。”她一边说一边收集着空水壶，递给我，并指着山下隐隐约约冒着炊烟的地方说：“那儿一定有人家，有水井，快去吧！”我二话没说，拎着几个水壶，一溜儿地跑下山，与我同龄的15岁小女兵小闻，跟在后面喊着：“等等，我也去打水。”我头也没回地回答：“你慢慢走，我先去侦察。”不一会儿，跑到了村头，我被眼前的景象震惊了，这哪里是炊烟哪！这是敌机炸毁的民宅，还在燃烧的余火冒着徐徐烟波，像萦绕的愁云……经历了战火的摧残，这里已是一片废墟，遍地狼藉。但我坚信，水源还会有，它不会被废墟掩没。我四处寻觅，终于在山坳的废墟附近，见到一处简易草窝棚，走到棚口听见有说话声，便喊了声：“阿妈妮，有水吗？”只听到一声微弱的回答：“有。”瞬间，一个小姑娘端着一葫芦瓢水晃晃悠悠地走出来，我急忙上前接着，随后赶来的小闻见到水，高兴地打开壶盖灌水，但只灌了两壶。小姑娘机灵地回棚里，不一会儿，没见端出水，而是抱着空罐出来，把一个小草圈往头顶一放，双手扶起水罐放在草圈上，一只手扶罐一只手向我俩摆摆说：“快，一起走。”小闻好奇地问：“小姑娘要干啥？”我说：“领着咱俩去水井打水。”我问小姑娘：“几岁了？”她说：“10岁。”“叫啥名？”“我叫朴英珠。”又问：“你家大人怎么没出来？”她顿时凝重地说：“阿妈妮受伤了。”小闻关切地安慰她说：“你别着急，待会儿领我们去看看阿妈妮的伤情，我们帮她救治。”说话间，我们一同来到井边，只见水井已被敌机炸塌了半边，井水直往外溢淌着，渗在旁边的弹坑里，坑中的水浑浊得像泥汤。

小英珠放下顶水罐，我急忙接过水瓢，弯下身，开始从废井底舀水，灌满水罐后，又把带来的水壶也灌满。我们打算先抬着水罐送小英珠回家，然后再回去拿药箱帮阿妈妮看病。懂事的小姑娘却执意不让我们抬水罐，麻利地将小草圈放到头上，双手端起水罐稳稳地顶在头上说：“一起走。”她说先不回家，而要给我们送水，我们怎么劝说也不行。

在山坡上，急待我们取水归来的石班长老远就打招呼，伤员们见我们打水回来更是欢欣鼓舞。特别是见到朝鲜小姑娘顶水而来，特别感动，不约而同地喊着：“谢谢！”渴极了的伤员接过小英珠递过来的水瓢后，咕噜咕噜地大口喝起这份外甘甜的水，水瓢在伤员手中来回传递着。

小闻放下水壶，急着给班长汇报小英珠阿妈妮受伤需要救治的事。班长立刻让她找朱司药领些急救药品，又派我俩随安医生前往小英珠的家。经过医生检查发现，阿妈妮的左腿被炸伤后已感染，流着脓血。我们立即清创处置，给她敷上无菌敷料，并给她服消炎药。安医生嘱咐我俩每天给阿妈妮换一次敷料，把阿妈妮当作我们自己的伤员一样治疗。阿妈妮对我们来给她治疗感动不已，连声说：“谢谢志愿军！”

此后，所里安排我们抓紧时间在山林里构筑防空洞，安置伤员，准备接受新任务。同时，盛所长针对这个村人家不多、仅有一口被炸废的水井、急需解决饮水的问题，立即组织抢修水井，并让李翻译请来村里有经验的朴大爷指导。在缺乏工具的情况下，大家搬石砌井壁，铲土加厚防渗水层，随着井壁不断修高，井水也见涨。站在水中，冰凉刺骨，只好轮换作业。这时，朴大爷找来家里的小桌子和木头，帮搭井架，改善了作业条件。经过两天奋战，水井终于得以修复，三角形木制提水斗也修补好了。我们开始轮换着不停地淘井中的浑水，当提上来的井水渐渐变得清粼粼时，大家无不欢欣喜悦。朴大爷也乐得闭不上嘴。来围观的孩子们像春天的小燕子欣喜地飞回家传递好消息。小英珠捷足先登，顶来水罐让我先给她打满。她敏捷地将水罐顶在头上，跟我说："快，一起走。"她不是给家里顶水，而是先给我们的伤员去送水。只见葫芦形的水罐好似牢牢粘贴在她的头顶，随着她的身体有节奏地摆动，小水瓢也在罐中的水面上浮游，她的双臂左右摆动，维持着行动的平衡，匆匆地走着，又稳又快。小闻见小英珠顶水而来，连忙转身告诉石班长："英珠送水来了！"班长走出防空洞向前迎接，见小英珠红通通的小脸冒着汗珠儿，露出笑靥，小裙子在春风里轻柔地飘摆着，煞是可爱。班长欣喜地说："看你顶水娴熟的样子，多像春天花丛里飞舞的蝴蝶啊！谢谢你，小英珠！"小英珠气喘吁吁地说："不用谢，我要谢谢你们给阿妈妮治伤呢！"

着急用水的炊事班听说井水已见清，忙赶来打水，所长见此，便指示先给朴大爷和村民们送水。大家毫无怨言地给村里家家户户送水，灌满所有人家的水缸。所长还特意对朴大爷的帮助和指导表示感谢。朴大爷说：“没有志愿军来修井，我们村里的老小，还不知要喝多少天浑水呢！应该谢谢你们啊！”所长说：“咱们是一家人，不客气。”站在旁边的小英珠脸上露出甜美的微笑。

60 多年过去了，头顶水罐的小英珠像只飞舞的彩蝶，时常闪现在我的眼前。相信她还经常去井边取水吧，那口井贮存着甘甜如蜜的水，像母亲的乳汁一样，养育着世世代代的村民，传递着中朝军民的鱼水情。这个真实的故事，将永远珍藏在我的心中。

原载于 2013 年 8 月 12 日《解放军报》。

硝烟中的芭蕾

山野里的风，不时地将金达莱浓郁的芳香吹进战地防空洞，让坚守在这里的医护人员感受到春天的来临。就在敌机空袭之后，我在洞口惊异地发现，天空中有一群白天鹅，正仓惶地扑展着翅膀，掠过对面的山峦……

午夜后，担架队员冒着敌机轰炸的危险，又送来一批重伤员，其中有位女兵与我同龄，年仅15岁，她是第十九兵团文工团团员，名叫卢叶君，是来前线慰问演出时遇敌机轰炸负的伤。小卢伤势很重，流血不止。但她静静地躺在手术台上，两个拳头紧握着，始终没喊一个“疼”字，似乎“疼”字被她用牙咬碎了。陈医生迅速清创、结扎血管、缝合、包扎，并嘱咐我专门护理她，精心观察。

凌晨，一只山鸟清脆的鸣啼唤醒了昏睡的小卢，她干裂的嘴唇发出嘶哑的声音：“水！”我急忙扶她半卧，慢慢给她喂水。水湿润了她的咽喉，也激活了她的记忆。她轻轻喊了一声：“白天鹅！”

“什么白天鹅？”我问。

“我最要好的战友钱仁重，她是我们舞蹈队女一号，最爱跳天鹅舞，大家亲昵地称她为‘白天鹅’。”

“你现在有事找她吗？”

“那天她也被炸伤了，不知她伤情如何？”

次日，文工团派人来慰问伤员，不得不将实情告诉小卢：敌机空袭中，文工团陈团长和舞蹈队的侯志强、钱仁重三位同志壮烈牺牲。

这晴天霹雳般的噩耗，使小卢难以控制悲痛的情绪，因痛心疾首而号啕大哭，带血的泪水浸湿了包扎的敷料。我一边更换敷料，一边安慰小卢。那之后，她常常长久地沉思着，我知道她的那颗心，如同被敌机空袭后的战地，千疮百孔。同时，她的坚强和乐观让我相信，即使一颗心被击碎，只要一念尚存，就不会崩溃。

小卢断断续续地叙述了昨日的遭遇。1953 年 4 月 22 日，文工团的同志们经过一夜奔波，于拂晓前到达慰问演出的第一个目的地——西海岸兵团主力第六十四军部队所在地。陈团长命令大家：“人员以组为单位上山疏散！”

钱仁重先跳下车去，打开车厢后挡板，又一个一个扶大家下车，嘴里还不停说着："别急，别慌！"

文工团团员们向山上爬，小钱和小卢前后脚，一起前行。山坡上一片新绿，鲜花盛开；山脚下，小溪潺潺向南流淌。小钱低声唱起"春深如海，春水绿如苔……"的歌，让人们几乎忘记了这是在硝烟滚滚的战场……

山坡道边，开满了金达莱，有红色、黄色、淡紫色，五彩缤纷，十分好看。小钱顺手采下了一束金达莱，把它们编成一个花环戴在头上，高兴地说："晚上演出，我头戴花环，该多好啊！"她想把山花的美丽带给战友们，点燃一盏盏心灯，照亮异国的江山。

文工团团员们刚在崖坎下集合，人还没有坐下，就见几架敌机俯冲下来，很快，呼啸的炸弹声震耳欲聋。钱仁重被冲击波高高扬起，又重重地抛下，头上的花环飞向空中，又散落到地上。同时，小卢的头部和髋部也被弹片击中，她想去照看一下受伤的钱仁重，可是眼睛怎么也睁不开，时醒时晕，只隐隐约约听见战友的呼唤。

大家都安慰小卢，白天鹅消逝了，但她的美丽已成为战友们永恒的记忆。

1953 年 4 月 24 日，兵团政治部的罗珍同志代表兵团首长来慰问大家。他拿出一封信读给小卢听。这是兵团李志民政委亲笔写的。"……为了祖国，三位同志献出了年轻的生命。小卢和小郝两位小同志为人民流淌了自己的鲜血，党和祖国是不会忘记你们的……要好好养伤，早日康复……”听完慰问信，小卢激动地说：“谢谢首长还惦记着我这个小兵。”

从同志们的来信中得知，文工团损失惨重，演出工作受到严重影响，但是大家团结一致，化悲痛为力量，擦干眼泪继续排练。文工团根据前线将士的英雄事迹编排的《把红旗插上老秃山》等节目，使部队官兵很受感动和教育。多场演出结束后返回时，兵团杨得志司令员、李志民政委、曾思玉副司令员到驻地外一里多远路的地方迎接文工团的归来，并为文工团记集体三等功。听到这些消息，小卢倍感欣慰。她对我说：“如果小钱听到这些消息，不知道会有多高兴啊！”

经过几天治疗，小卢已脱离生命危险，当我给她解开蒙眼的敷料后，她重见光明，脸上挂满喜悦之色。我扶小卢走出防空洞，坐在松树下。对面群山在硝烟中巍然耸立，草木在战火中顽强生长，遍野的金达莱依然绽放。当时，只见她那红晕的脸像红通通的金达莱。

小卢给我讲起小钱的身世。钱仁重出生在湖南湘乡，3 岁失去双亲，14 岁，爷爷奶奶就送她参军。入朝前，小卢和小钱被选送到哈尔滨培训，由苏联舞蹈老师丽娜教她们舞蹈。当时没有芭蕾舞鞋，小钱练得很刻苦，脚趾磨破了，裹着布带仍坚持练习。她的舞姿优美，受到丽娜老师的好评。入朝后，从后方到前沿阵地，都留下了小钱为指战员演出的足迹。她漂亮又善良，文静又热情，全队没有不喜爱她的。说到这儿，小卢哽咽了……

此时此刻，突然从白云中飞出一对白天鹅，伸展翅膀，滑翔降落在山涧水塘，自由自在地浮游起来，完全出乎我们的意料。

我惊奇地问："那白天鹅，不知道来自何方？"

小卢若有所思地说："可能是从祖国江南飞来的吧！"

我和小卢都沉默了，那一刻，山山岭岭都沉默了，只有那山涧水塘里的白天鹅搅动起粼粼水波……

原载于 2016 年 4 月 26 日《解放军报》。

十六岁的秦腔

日近黄昏，远山含黛，落日熔金，从秦岭吹过来的秋风，略带寒意，却吹不干我脸上的热汗；渭河哗啦啦的流水声，也浇不灭我心头的焦灼。八天来我在秦岭山区，渭水河套，奔波寻觅。侯志强——我的战友，抗美援朝的英烈，你的家究竟在哪里？霎时，我隐约听到了几句秦腔，划破了这黄昏的寂静。

在人头攒动的周至二曲镇，我找到一位侯姓的乡党询问，老人惊异地说："志强，他是我堂兄，我叫志岗。"

我欣喜地说："可找到你们家啦！临来前，老战友告诉我，志强家在宝鸡虢镇。这几天，我一直在虢镇找呢。"

让我意想不到的是，老人一开口先说："我哥参军时，我已十一二岁，志强哥爱唱秦腔，他从小跟民间秦腔老艺人拜师学艺，每日曲不离口，我伯伯会拉板胡，经常为他伴奏，每当清脆的秦腔曲调一响，他便眉飞色舞地开腔高歌，记得他唱的《三滴血》是这样的：‘到处寻父寻不见，心中好似钢刀割，听说五台神灵验，且到山上来求签……’在家乡他是小有名气的秦腔武生，不仅唱腔洪亮，扮相也英俊，一招一式真真切切，可讨乡亲们喜爱哩！”

我问：“志强家现在有几口人？”

他又伤感地说：“志强的父母、大哥都不在了，只有嫂子还健在。”说着便主动用手机给小侄侯光明通告，侄子听到此事及时来接我们登门。来到秦岭脚下镇丰村南关巷，一个普通的农家院，院子不大，但很干净，新盖的二层小楼，古朴雅致，门前还有郁郁葱葱的果树、葡萄架。志强啊！你可能想象不到家乡有这么大的变化，往昔那低矮的土坯房已成为历史的记忆，日渐富裕起来的农民已开始舒心敞亮的新生活。81岁的老人，在堂屋与我们见面。只见老嫂子虽已白发苍苍，满脸皱纹，但身板很硬朗。

我恭敬地说：“老嫂子，我受战友们委托来看望您老人家。”老人感到很意外又很惊讶，瞬间，老人眼含泪水，打开了思念的闸门，哽咽着说：“志强参军时，我刚过门。记得弟弟临走时，将一个唱戏演骑马的马鞭道具递到老父手中，因父亲双目失明，尽管看不到儿子的面容，但摸着这件珍贵的戏具马鞭，在之后的岁月中就如同感受到儿子常伴在他身边。当时，父亲还特意递给志强一顶草帽，嘱咐说：‘孩子你带上它，热天用它遮太阳，雨天用它防雨淋。’志强说：‘好，爹，我带上。’他一边答应，一边把草帽斜挎上背。志强知道，这不仅是一顶草帽，更是老父亲的一片爱心。他又双目凝重地注视着哥哥说：‘哥，我要上前线了，父母就托付给您照应。’志强怀着忠孝不能两全的心境转身骑上乡亲送他的大红马，胸前佩戴着大红花，一身新军装更显英俊，他唱了一声高调叫板秦腔：‘啊爹娘呀！乡亲们呀！我参军上战场了，安哎！安呀！……’这声音回响在秦岭山谷，飞向天空，似乎要把苍穹唤醒。之后，乡亲们敲锣打鼓，把志强送出了村。”

老嫂子回忆说，两年多后，有一天政府来通知，说志强在朝鲜战场上光荣牺牲，父亲听说后，好久没有说一句话，他抚摸着戏具马鞭，久久看向窗外。此后，政府每月给二老 20 元抚恤金。每当接到这 20 元抚恤金，老父亲就不由自主地拿起儿子留下的秦腔戏具马鞭，拉起娴熟的秦腔曲子。老父亲似乎听到了儿子洪亮的秦腔余音。

说到这儿，老嫂子泪流满面，问我志强葬在什么地方。我告诉她说：“志强葬在朝鲜黄海南道的山坡上。”

听着老嫂子的话，我的思绪又飞到了朝鲜战场上。那是 1953 年 4 月 22 日，志强所在的文工团下部队慰问时，遭遇敌机空袭，演出分队被敌机投下的炸弹击中，志强壮烈牺牲。同时牺牲的还有文工团陈团长和女团员钱仁重。

当年文工团舞蹈队的老队长张士维得知此事时，已是86岁高龄的老人。他仍坚持约五位同侯志强一个班的老战友，在他家听我介绍到志强家看望烈士亲人的情况。战友张文华带来了珍藏多年的侯志强在朝鲜的照片——分别是部队慰问演出的剧照、行军路上翻山越岭的留影和深入前沿阵地坑道里体验生活的照片。老战友们看着一张张照片，感慨不已。有的说："志强是那么英俊、那么年轻、那么充满活力，这些照片永远把他定格在16岁的青春年华，而我们已进入耄耋之年了。"有的说："志强啊！你年轻的心，从来没有迸发爱情的火花，可以肯定，你还没来得及抚摸一个年轻姑娘的手。"

张队长指着一张照片，向大家介绍说，牺牲前侯志强随团慰问演出还遇到过一次险情。

那一次演出，是在一个山谷茂密的松林里，很隐蔽。给两个营的官兵演出，部队还邀请了附近朝鲜群众观看。志强用秦腔演唱《四郎探母》，他扮演杨宗保，演出震惊了全场，尤其是开腔："杨宗呃，宝在呀！马上忙传将令，叫一声众三军，细听分明……"把古代历史英雄人物杨宗保演绎得活灵活现，鼓舞了官兵的斗志。演出中，几架敌机蹿到山谷上空盘旋，大家都不以为然，仍聚精会神地看演出。敌机突然扎下头俯冲，轰鸣声震荡山谷，气流冲弯树梢，树枝吱吱作响，有些老乡特别是小孩子们恐慌不安。顷刻，一些人把注意力转到了疯狂的敌机上。现场指挥员赶紧站起来，边喊边用双手反复示意："不要动，不要动。"这时如果有人跑出树林，那就可能暴露目标，后果不堪设想。在这关键时刻，侯志强大声吼了一声“跟我上！”他纵身跃起，展腿伸臂，从舞台左后侧一下飞跃到台前，郝克心等七人紧跟其后，呈扇形围着他，随着乐队的音乐节奏舞动，侯志强如同一个强大的磁场，把所有人的注意力一下子都凝聚到舞台上。人们被这突如其来的绝妙表演定住了神儿，一个个伸长脖子，睁大了眼睛，一动不动地盯住侯志强在台上翻跟头、做旋转动作，整套动作恰似云卷云舒，潇洒飘逸。在一片宁静之后，爆发出雷鸣般掌声。险情过去了，在这短暂的过程中，只有部署在两边山头上的高射炮指挥员，才知道当时有多危险！演出结束后，部队首长来到后台，特意抱住侯志强说：“你们的演出，稳定了群众，鼓舞了斗志，谢谢你们。”

几天后，万万没想到，志强随文工团到部队慰问演出，遇到敌机空袭，不幸光荣牺牲。群峦肃立，山风呜咽，战友们悲痛欲绝！副班长贺介辉、黄卫康来到烈士墓前，将一块石碑安立在侯志强的坟前。那是精心挑选的一块儿一尺见方的青石板，小贺先写上碑文，小黄再一道一道地刻上去，字刻得很深，小黄是蘸着热泪刻就的这块石碑。碑正面是“中国人民志愿军文艺战士钱仁重、侯志强之墓”，背面是“你们永在我们心里”。

侯志强和钱仁重一起被葬在朝鲜南海道的山坡上，他们并不孤独，也不寂寞。

泪水打湿了流逝的岁月，祖国各地的战友们时刻想念着被安葬在异国他乡的英魂，隔千山，隔万水，但隔不断铭心刻骨的战友情。团聚会上，张队长眼含泪水，朗诵他创作的缅怀战友的诗文："志愿军之子，侯、钱二少年。入朝拼生死，血溅誓师言。慰问遭空袭，长眠异国山。五庚梦战友，朝醒泪如泉！"

战友杨家宝声情并茂地唱起了秦腔《拾黄金》的唱段："十可怜，嗳嗳嗳，嗳嗳嗳……奔大街讨饭太丢脸……倒不如学农妇自耕自穿……倒不如学唱戏快乐无边，此间莫把苍天怨……"

有人问："老杨，你怎么也会唱秦腔？"

杨家宝说："这是志强教给我的。"

"听你唱的秦腔，和志强唱的一个味儿。"

"我唱秦腔的时候，总是想起志强，不论在什么时候、什么场合，只要一开口唱秦腔，不跑调，不变味儿。志强离开我们已经60多年了，但他却一直活在我的心里，我觉得他的生命在我的身上得以延续。"

听到我们志愿军老战友们的亲切交谈，我的心久久不能平静，侯志强和我同姓同乡，共同经历了朝鲜战场上炮火的洗礼。他走了，我还活着，此时此刻，我十分怀念葬在朝鲜黄海南道的山坡上的侯志强，多么想听他唱一唱家乡的秦腔啊。侯志强永远不变味儿的秦腔，已经深深融进了我的血脉，浸透了我的灵魂。

原载于2015年10月10日《解放军报》。

防空洞前的紫藤开

天空下起了雪花，雪花飞舞着，给山顶戴上了雪冠，给松林披上了银装，给大地铺上了雪毯。志愿军第十九兵团文工团的陈同和、刘敬霜两位同志即将在朝鲜黄海南道石头里防空洞举行婚礼。真是老天会意雪花有情，似乎特意为一对新人布置了如此壮观的雪景。这分明是一场喜雪啊！

新郎官陈同和，中等个子，体型敦实，沉稳干练，眉宇间透着刚毅之气。他是抗日战争时的老兵，论年龄已 30 出头，职级是文工团团长。新娘刘敬霜是 1947 年 5 月参军的，是一名英姿焕发的文工团团员。入朝前，他俩已经许定了终生，因战事急迫，没有来得及举行婚礼。

1953 年元旦佳节，在领导的关照下，他们迎来了喜庆吉祥日。没有比战地防空洞婚礼更简陋的婚礼了，没有彩灯、鞭炮、美酒佳肴，也没有娘家陪嫁的新被、新褥、新枕。只有战友用红纸剪的一个大喜字贴在防空洞壁上，洞房是半山坡松林下的小防空洞，床是用树枝拼的，上面铺着茅草，如同鸟巢。

两位新人穿的仍是平日身着的志愿军军绿色旧棉装，脚穿大头鞋，头戴裁绒帽。新娘刘敬霜两条垂肩发辫上扎着两朵红蝴蝶结发带，把秀丽的脸庞衬得格外娇美。心灵手巧的女团员们，扎了两朵大红花，分别别在两位新人的胸前，以示他们是当天的主角。

主持人宣布婚礼开始后，一对新人挽手并肩入场，乐队团员奏起欢乐的乐曲，吹吹打打把婚庆带到高潮。宣传部的李希庚部长以水代酒进行祝贺，他高兴地说："老天也作美，象征两位新人婚姻美满，白头偕老……"

此后，场内气氛热烈起来，有的喊介绍恋爱经过，有的喊两口子唱歌……落落大方的新娘本身是声乐演员，爽快地与新郎对唱起《夫妻识字》："黑咕隆咚的天上出呀出星星，黑板上写字放呀放光明……"

歌声刚落，欢笑声响起，能歌善舞的新人跳起了交谊舞，随着旋转的节奏，新娘两条系着红蝴蝶结的发辫，随着身体的旋转，似两只蝴蝶翩翩飞舞，大家嘴角都露出了深深的笑靥。

饭后，文工团的几位战友在防空洞前与新人合影，热心的摄影师还为两位新人拍了结婚纪念照，作为战地婚礼的见证。夜幕降临，洞房里一盏用罐头盒做的煤油灯被点亮了，小火苗晃晃悠悠跳动着，也点亮了一对新人的心灯，映照出两人甜蜜的笑容。陈同和团长和刘敬霜的蜜月是在硝烟中度过的，从那以后，在战地前后方留下了他们随团演出的足迹。

14 岁的小女团员戴雪霜负责演出的化妆用品。战时物资缺乏，没有卸妆的油脂，只能用食用油替代，但必须领导批。小戴在陈团长的防空洞门前喊了一声“报告”，推开防空洞的简易门，见两人正依偎在一起说悄悄话，小姑娘头一次见这场面，扭头要跑，团长叫住她，问有事吗。她不好意思地说：“批油。”团长笑嘻嘻地批了条。

第二天，平时天真活泼的小戴参加点名时，见到团长总低着头不敢照面。点名后，团长问小戴怎么啦。“我可喊报告了。”小戴说。“没事，等你长大就知道了。”团长哈哈一笑。

1951 年 2 月入朝参战时，团里赠给每个文工团团员一个日记本，扉页上的“座右铭”是陈团长提出的。“我们的方针——为兵服务，为战争服务。我们的方法——深入到火热的斗争中，用新的艺术形式，歌颂我们的人民英雄……”这是陈团长对每个团员的激励和要求，同时他自己也带头践行。

陈团长不仅动员团员们深入部队写快板儿、写歌词，他还自己带头写。他是个能编能导的文艺多面手，入朝不久，他就写了京韵大鼓《棉军装》，反映国内一位老大娘同闺女、儿女连夜为志愿军一针一线赶制棉军装支援前线的感人故事。这段京韵大鼓经由王纾用字正腔圆、感情细腻的风格表演，每次演出都把指战员们感动得热泪盈眶。

1953年4月22日，为鼓舞前线志愿军击溃敌军两栖登陆的阴谋、夺取新的胜利，陈团长奉命率文工团下部队到三八线西海岸慰问演出，经过连夜长途行军，拂晓前到达第一个目的地，兵团主力——第六十四军部队驻地的商山里。

陈团长布置了排练任务后，特别强调疏散防空，各队在山坡松林里练乐、练声、练功。戏剧队在山脚下的场地排练由陈团长创作的《一张火车票》。他的妻子刘敬霜在此剧中担任一个重要角色，正在全心全意地排练。

上午9时许，防空哨枪声刚响，敌机便俯冲下来，扫射、投弹，爆炸声骤起。当时正在一个破旧的农舍里写作的陈团长立即不顾一切地冲出门去，奔向排练场。他大声喊着："防空！防空！"突然一颗炸弹在他身旁爆炸，他倒下了，当场壮烈牺牲。刘敬霜听到噩耗，心急如焚地赶到现场，只见陈团长躺在血泊中，人都变了形，刘敬霜只能从她亲手织的毛裤上辨别出这是自己的爱人。目睹这惨烈的一幕，刘敬霜当场瘫倒在地上，痛哭失声，因剧烈跑动和心情悲痛，他俩的亲骨肉也流产了，鲜血流在朝鲜的土地上……此时，他们刚结婚一百天，甜蜜的生活刚刚开始。

这次敌机轰炸使文工团损失惨重。在党支部的领导下，文工团的同志们团结一致，化悲痛为力量，继续排练，齐心协力保证节目的质量和演出的水准。经过30多场演出，胜利完成任务、返回驻地时，兵团杨得志司令员、李志民政委、曾思玉副司令员带领机关干部走出营区一里多路，迎接文工团归来，并为文工团记集体三等功，极大地鼓舞了团员们的斗志。

放下背包后，小戴和战友们来到山坡上。暮春的暖风吹着小树在摇曳，山脚下涧水依旧潺湲。陈团长新婚时的防空洞仍在寂静的松林里隐蔽着，伪装的紫藤在洞口疯长，似乎要守护着过去的一切。小戴来到洞口，不由自主地高声喊了声：“报告！”但无人回应，只闻风吹花枝窸窸作响。她忍不住转身抽泣，泪水滴落在紫藤花瓣上，一滴一片情。

春日的阳光下，紫藤花依旧盛开着，那紫色藤蔓铁骨铮铮，因炮火硝烟的熏烤，花色并不俏丽，但透出生命的倔强。这大山深处的紫藤花，不畏环境恶劣，在孤独寂寞中守候着春天。

原载于2018年3月26日《解放军报》。

前线，她给巴金当向导

我和戴雪霞大姐都是参加过抗美援朝的共和国老兵，上次会面，性格开朗的大姐和我谈了很多战地往事，此后我写了一篇散文《十六岁的秦腔》，刊登在《解放军报》上，我带着这份报纸来干休所向大姐禀报。

《十六岁的秦腔》记述的是志愿军战士侯志强英勇献身的事迹，不久前老战友见面，谈得最多的就是抗美援朝的故事。

我们聊得兴奋，戴雪霞大姐取出一本相册，介绍起在朝鲜前线时的留影。其中一张照片，是志愿军战士们围在巴金身旁，看他女儿的来信。

1952 年的初春，在战火纷飞的朝鲜战场，在布满各式各样掩体和防空洞的大山坳里，仍覆盖着难以融化的厚厚积雪。敌人又使用了灭绝人性的细菌战。就在这个时候，传来了令人振奋的消息：作家巴金到朝鲜前线了！要到西线指挥部第十九兵团来。喜讯顿时在机关上上下下传开。戴雪霞大姐凝视着这张照片，对我讲述了她在抗美援朝前线给巴金当向导的经历。

戴大姐那时还很年轻，她没拜读过巴金的杰作《家》《春》《秋》。只是听老师和同志们讲过，说巴金是一位在国内外享有盛名的作家。

和巴金一起入朝的还有作曲家王莘、画家罗工柳、作家黄谷柳和白朗等，是由全国文联和军委总政治部组织的“朝鲜战地访问团”。他们也要和所有的志愿军战士一样，通过敌人重重狂轰滥炸的封锁线，才能到达前线。

真没想到，就在他们到达我们的驻地——石头里的当晚，张文苑团长找戴大姐谈话说：“交给你一个特殊任务，去照顾巴金同志，他要在兵部停留几日，你给他做个向导。因为在冰雪覆盖的大山沟里，掩体和防空洞都很隐秘，容易迷路。要注意他们的安全，千万不能出事！”戴大姐听第一句话时，心就怦怦跳起来，又惊又喜，团长看出戴大姐的心思，又嘱咐说：“别紧张，还有其他同志一起照顾他们，你年纪小，可随便和他闲谈，不要让他着凉，要保证有开水喝。”戴大姐这才松了一口气，但那天夜里，戴大姐仍难以入睡。因为，她长这么大，还从来没见过作家，更没见过这么有名的作家。巴金来之前，戴大姐不知他是什么样，见面后又不知道该说点儿什么。

怀着惊喜又敬佩的心情，第二天团长带戴大姐来到巴金住的防空洞里。洞位于山坡，依山而凿，有粗树干支撑顶部，洞口有树枝和木板钉成的门扇，要弯腰低头进洞，靠山墙处由树桩支起一张床铺。当走进防空洞里后，戴大姐就愣住了，因为站在她面前的是一位中等身材、面庞清秀、戴着一副近视眼镜、穿着一身棉军装的普普通通的志愿军干部。难道他就是大名鼎鼎的巴金吗？巴金以微微憨笑的眼神望着戴大姐。团长介绍说："这位是小霞同志，她是我们文工团最小的团员，今年15岁。您有什么需要联络的情况，可以告诉她。"巴金朝戴大姐点了点头。

当时戴大姐做的第一件事就是看暖壶里是否有水，她觉得这件事很重要，因为在严冬和初春，凉水是冰冷刺骨的。巴金慢腾腾地用川味儿十足的普通话说："有水，没关系嘛。"他平易亲切，很快拉近了他们之间的距离。戴大姐首先告诉他要注意安全，白天有敌机轮番轰炸，不能轻易外出，以免暴露目标，晚上要挡好灯光。因为山上经常有特务打信号弹。平时战士搜山，常搜出敌机投放的降落伞和电台，也有特务。第二天戴大姐便陪巴金到各处去转，去访谈，每到一个掩体和防空洞，见到干部和战士，巴金都是那样兴奋和喜悦，访谈时，他手不离纸，用笔迅速记录。

戴大姐很快就和巴金熟悉了，巴金让戴大姐在他的笔记本上写下她的名字——戴雪霞。他在一旁认真地看着，然后轻声地问："为什么年纪这么小就参军？"戴大姐迟疑了一下。但还是直率地跟他说，因家庭条件一般，没钱上学，弟弟在孤儿院，条件也一般，1949年戴大姐的家乡宁夏银川刚解放，她13岁，就和11岁的弟弟一块参军了。巴金问："常给家里写信吗？"戴大姐摇头说："不经常。"巴金很快转了话题，问："你们到前线怎么给战士演出啊！"这话引出了她的话头，戴大姐竟滔滔不绝地说了一大堆："在山坡上、防空洞里都可以演，文工团团员们自己背演出服装、道具，穿丛林、爬山，走崎岖小道，冬季零下20多摄氏度，手生了冻疮，就用纱布包着，演出时面部涂油彩化妆。节目都是短小精悍的，主要是宣传歌颂每次战斗中的英雄事迹，以鼓舞官兵斗志。"戴大姐还介绍说自己是跳舞的，主要为战士们跳舞和唱歌，有时候也说快板儿。

"有一次在大山沟里的树林演出，没想到，忽然有数架'油挑子'猛地向山沟俯冲下来，机翅闪电般擦山而过，发出恐怖的怪声，霎时间，硝烟冲天，尘土似巨浪卷起，大家原地卧倒隐蔽。此时，只见我们高射炮手唰地一声掉转炮头，直冲敌机的方向发射，咚咚一阵激烈的轰鸣，浓烟火花在空中炸开，一架敌机在远处冒烟，其余几架一溜烟逃跑了。片刻的寂静，突然爆发出雷鸣般高喊胜利的欢呼声，回荡在山谷间。大家情绪激昂，继续为战士演出节目……"巴老聚精会神地听着，用笔记着。看看戴大姐激动的表情，不禁问了一句："你害怕吗？"戴大姐自信地说："和大家在一起，炸弹、机枪是打不倒我们的。"戴大姐说得很高兴，但感到巴金的眼帘垂了下来，似乎在思索着什么。

短短几天，巴金和大家相处得十分愉快。

兵团指挥部要为特殊的慰问团开一个隆重的欢迎会，同时也是欢送会，欢迎他们到兵部来，也欢送他们奔赴新的前沿阵地去。

那天晚上，杨得志司令员、李志民政委、陈先瑞主任和机关的同志们都来了，掩体内挤得满满的，墙上、木柱上还写着“热烈欢迎从祖国、从毛主席身边来的亲人！”“亲爱的祖国万岁！”“毛主席万岁！”兵团首长热情洋溢地发表了极其亲切的讲话，戴大姐所在的文工团表演了许多精彩的小节目，同志们像过大年一样高兴，戴大姐坐在巴金身边，杨得志司令过来指着戴大姐沾满了油渍的棉军装对巴金说：“小霞的爸爸是卖油条的，你看弄得满身是油。”转过头来又说：“别怕，你陪巴金同志跳舞吧。”惹得大家都笑了。戴大姐主动请巴金跳舞，否则就算没有完成杨得志司令员交代的任务。然而，当戴大姐直立在巴金面前，等他站起来时，巴金却让戴大姐坐在他身边，小声地说：“我真的不会跳舞，真的！”这时，戴大姐决定不再难为他了。聊天中，巴金像对待孩子一样，递给戴大姐一块儿糖。戴大姐后来说，当时，她觉得巴金像父亲一样慈祥，她心里甜甜的。

晚会最后，主持人请巴金讲话，巴金不善于讲话，但他热爱每一个英雄儿女。他朗诵了一首他写的赞美志愿军的诗歌，诗歌字字浸润着官兵们的心。最后他强抑着激动的感情，用微微颤抖的四川普通话加重语气，快结束时，他用作家魏巍说的一句话大声说道：“你们是最最可爱的人！”顷刻，全场报以热烈的掌声。大家热泪盈眶……至今那特殊环境下的晚会，还深深地印在官兵们的脑海里。

会后巴金和慰问团成员分别奔赴各个前沿阵地进行慰问。

文工团也分头到前线慰问演出。戴大姐和另外两位同志到第六十三军最前沿防御阵地，当时，驻守阵地的八连官兵，正与敌人在山头相对峙，由于上这个阵地要经过一段开阔的山沟，敌人不时用火炮封锁这个山沟，带领大家行进的是通信员小刘，有丰富的实战经验。小刘熟悉地形，他利用夜幕，在敌人打炮的间隙时间里，几次冲过封锁线，来到阵地战壕。大家在白天可以清楚地看到敌人阵地上部署的螺旋形铁丝网，晚上甚至可以听到对面敌人活动的声音，敌人的火炮不定时地像雨点一般狂轰滥炸，震得山摇地动。戴大姐亲自见到战士们利用夜间袭击敌人的地堡，寸土不让地坚守着每一寸阵地。战士张有才，在歼敌中负伤，后与战友失去联系，在孤独无援的情况下，他艰难地一点一点爬回连队驻地，满腿是血渍。他的英雄事迹，在阵地被传颂。这时戴大姐想起巴金说的“每一个志愿军都是最可爱的人”这句话，同时戴大姐也在巴金的启发下，记录下张有才的事迹，编成快板儿，在阵地巡回演出。戴大姐是舞蹈演员，尽管阵地掩体低矮窄小。但只要有能容下几个人的地方，她都坚持给战士们跳民族舞，在近一个月的时间里，每天进出阵地上的大小掩体，不间断地演出。

后来，不知道怎么回事，戴大姐开始发冷又发热，但只要还有一丝力气，她仍坚持演出。但因连续发热导致进入昏迷状态后，戴大姐被送到军医院治疗，被确诊为疟疾病，不得不中断几天的演出。经医生诊治痊愈后，戴大姐很快又重返前线演出。戴大姐说，她受巴老精神鼓励，一定要圆满完成演出任务，后来，她被文工团评为优秀团员，并荣立三等功。

5月下旬，戴大姐和巴金在开城碰面了。当时，文工团去开城参加兵团组织的文艺会演，而巴金也从阵地回到开城。开城是中、朝、美谈判的会址板门店所在地，是中立区。一见面，巴金便告诉戴大姐："小林（巴金女儿李小林）来信，给志愿军大哥哥们写了一封慰问信。"戴大姐一听高兴极了。5月26日那天，巴金亲自把李小林的信拿给大家看，他是那么认真，那么兴致勃勃，为女儿能给官兵们写这封信而感到欣慰。有张照片就是戴大姐与巴金再次相遇时照的。大家都被感动了。那年李小林才6岁多，刚上小学。从小林的来信背后，更加透视出巴金对志愿军官兵的一颗爱心。官兵们很快就给李小林写了回信。李小林与官兵们通信的故事，当时被传为一段佳话。

后来大家才知道，巴金从1952年3月16日过江，一直慰问采访至10月，之后才依依不舍地返回祖国，历时半年多。他跑遍了西线指挥部所有的重要阵地，深入到班、排、连前沿坑道战壕，和普通战士、英雄功臣促膝谈心，那年他已经是年近半百的人了。1953年7月27日，朝鲜刚停战，他第二次入朝，再次深入朝鲜战场一线，直到1954年元旦才返回祖国。

巴金以抗美援朝无数英雄的事迹创作的《团圆》一文，后来被拍成名为《英雄儿女》的电影，影片中的主题歌演唱者的原型，就是戴大姐所在文工团的团员王纾。巴金曾对戴大姐说过，戴大姐是他采访过的第一位文工团团员。说到电影《英雄儿女》，戴大姐说，这部电影，拍摄地点就在她所在的部队驻地沈丹线桥头镇，戴大姐的战友们都参加做了群众演员。朝鲜老乡抬担架过河送伤员，以及部队行军队列中的坦克营在梨树沟山坡树林里隐蔽休息，还有观看文工团演出节目等，这些场面都是戴大姐她们亲身经历过的。

戴大姐最后还给我看了她保存至今的一封信，是巴金老人用本名写给她的，当时她在上海戏剧学院学习。

信的内容是：

雪霞同志：

信收到了，我给您打了好几次电话，都说您不在，我住在武康路113号，离学院不远，您若有空，欢迎您到家里坐坐。我的女儿小林现在巨鹿路《上海文艺》工作，她是戏剧学院六八届的毕业生。

祝，

好！

李芾甘

三十夜

短短一封信，充满真挚、热情和善良。大作家巴金没有忘记抗美援朝前线那个扎着羊角辫的小向导。

原载于2017年9月9日《中国财经报》。

巴金在三八线上

头顶早春的太阳，翻过一座座山峰，穿过一道道峡谷，巴金带领赴朝访问团的同志们在大山里行进，崎岖的山路阻挡不住他们奔赴前线的步伐。在巴金看来，硝烟弥漫的三八线，是人民作家必须登临的高地，也是文学创作的源头。

1952 年 3 月 16 日，国内一批文艺工作者，以极高的热情参加了全国文联和中央军委总政治部组织的赴朝访问团，访问团成员个个儿身着和志愿军一样的服装，跨过鸭绿江在朝鲜战场上前进。著名作家巴金为这个团的负责人，队伍中有黄谷柳、白朗、罗工柳、王莘、胡可等同志，为了防止遭遇敌机空袭，他们趁着夜色，冲破敌机封锁线，来到三八线西段第十九兵团指挥部。

巴金比兵团司令员杨得志、政委李志民年长几岁。一见面，巴金就向兵团首长提出，要到前线连队住些日子。当时，前线连队那里打得还很激烈，许多阵地都是刚刚从敌人手中夺过来的。

兵团首长指派文工团团长张文苑陪同，再三嘱咐，一定保护好巴金，保证他的安全。

经过研究，出发时间选在黄昏之前，太阳还有一竿多高，巴金换好黑色矮靿胶鞋出发了。刚过公路，突然天空像被一下子撕裂开，地在颤动，巨响震耳。背后山沟里有炮弹爆炸，前方也有炮弹爆炸。几团黄烟腾空而起，炮弹呼啸着从头顶飞过，人们的神经一下子紧张起来。

“敌人在封锁道路！”

“往前，往前去！跑步冲过封锁线！”

巴金很镇定，他步履如常，但一听到领队的许副团长那短促有力的指挥，也拔腿就跑起来。

通信员领头跑进了一条交通沟。交通沟又深又宽，沟底呈深赭色，土地湿润，散发出阵阵泥土味。

炮弹还在附近爆炸，沟沿上的浮土被震得一个劲儿地往下散落。

这是前线高炮阵地。连长向巴金细说了敌情。上个月，河东还是李承晚的陆军第一师，现在换成了美国海军陆战队第一师，火炮炮击强度比李承晚的部队多几倍。前不久，我军在秋村消灭了他们一个连，看样子他们得猛烈报复一阵子。

巴金不肯却步，一定要去前沿连队。

夜里下了蒙蒙雨。早晨有雾。大雾可以起遮掩作用，于是确定早饭后立即出发。

刚出防空洞，正登上平台，炮兵观测班长跑来报告：“敌人有五辆坦克，到了六十七高地后的山上，企图封锁山下的公路。”

许副团长沉思了一会儿说：“巴金同志，前线连队和这里的情况差不多，我看不用去了。”

巴金向前跨了一步，仍是那么温和地说道：“不见一线的指战员，无法了解、体验他们的战斗事迹，作家创作不能凭空想象。我认为还是去看看好。”

许副团长劝阻无效，只好说：“好！事不宜迟，出发！”

到了炮连交通沟尽头，雾已散了。只见前面是黄澄澄的一大片开阔地，小草零零落落，炮弹坑一大片。

“快过！”许副团长领头跳出交通沟。

走了200多米，敌人开炮了！爆炸声从背后不远的地方传来。

许副团长连忙挽起巴金的右臂，助跑起来，汗水从他们鬓角流下来，那片密密麻麻的弹坑已远远地被抛在了身后。

向右一拐，面前就是没有铁轨的铁路了，这条铁路线是敌人多种火器重点封锁区，大家来了一次百米赛跑，一溜烟似的冲了过去。

“看到他们了！”巴金兴奋起来。

原来山下几个战士正在修补被炸坏的交通沟，有的插标杆，有的检查射向。他们看见大白天从后面上来了人，高兴得唱起歌来：

炮火震荡着我的心，
胜利鼓舞着我们，
中朝人民亲如兄弟，
并肩作战打击敌人……

歌声在山洼里回旋。

坑道口到了，连长、指导员放下工作接待巴金，特意从坑道厨房里端来洗脸用的热水。他们都是打过第五次战役的老战士，入朝一年多，第一次见到从祖国来的亲人，兴奋得不知该怎么样把话说得恰当。巴金刚拿起毛巾，就听到一连串问候："祖国人民都好吧？""毛主席身体健康吧？"

巴金一一回答。

许副团长到外边看了阵地，一回来就问巴金："是不是到各班去看看？"

坑道是凹字形的，出口外边是机枪掩体。这里是名副其实的营连防御阵地的最前沿。战士握着枪，从射击孔里目不转睛地观察敌情。巴金也从射击孔试着向外看，看得清清楚楚。河东岸阴森、凄冷，巴金看见山腰部的黑洞洞，问是什么东西。身边的战士告诉他，那是敌人的工事。巴金又看了看山梁上矮矮的松树林，突然，巴金说了声："敌人！"原来，有两个戴钢盔的美军士兵从松林里跑了出来，到了他们前面山洼上的位置。

敌人有活动！许副团长连忙带巴金离开了机枪掩体，顺着交通沟朝里走去。在这里，只要一挺身，踮踮脚，就可以把敌人阵地的一切看得清清楚楚。

突然，听到阵地上响了两声炮，许副团长说：“这是我们的迫击炮在试射，连长担心敌人的炮火会还击，让巴金赶紧进坑道去。”

巴金连忙坐在小油灯下，掏出本子就写……

果然，美军的炮火很快打了过来。炮弹炸起的硝烟、尘土、砂石，一下子扑到洞口，剧烈响声和震动仿佛要把整个山头吞下去。巴金的头顶、背后都有泥土落下来，他连忙把眼镜推上额头，手里的黑杆钢笔仍在不停地写着，像是捕捉到了什么新东西，目光变得更加专注。

敌炮停了，战士们冲出坑道，修整被敌人炸坏的工事。巴金想到阵地上看看，走到了洞口，看到迎门的“钢铁战士洞”两旁有副对联，写的是：

出枪林入弹雨不怕流血牺牲，

为正义反侵略保卫世界和平。

横批是：

一人吃苦万人享福。

巴金正要把对联抄在本子上，旁边洞里出来个性格豪爽的老战士，向巴金打招呼，巴金愣了一下。原来这位战士是团里的侦察员。他把挖出的美制地雷拆掉撞针，抱了几个雷管，往桌子上叮叮咣咣一放，绘声绘色地向巴金、黄谷柳和王莘等同志讲起了他和几个战友侦察地形的情景。

之后，巴金来到在廖川洞指挥所。20 多岁的年轻团长兼政委张振川在山下迎接："欢迎作家首长！"巴金微笑着对张团长说："我是来向你们学习的。"

张振川向他介绍说，红山包原是敌人的前哨阵地。由于敌我激烈的争夺，使青山不断遭到炮火轰击，变成了红山，因此战士们叫它"红山包"。

据介绍，张团长带着全团官兵连着三次攻打红山包，前两次歼灭敌人后就迅速撤了回来。第三次歼灭敌人后，我军顽强地坚守在阵地上，敌人连续五个昼夜不停猛攻，我军官兵坚决扼守，六连副指导员赵先友指挥固守阵地。敌人在喷火坦克的支援下，进攻十分猖狂。六连顽强拼搏，最后只剩下赵先友和通信员刘顺武两人。赵先友命令通信员用步话机向张振川报告："团长，敌人已上阵地，向我开炮！"张团长观察到赵先友两人与敌拼杀的身影，在他俩退守防炮洞后，张团长命令炮群向阵地上的敌人猛烈齐射，掩护反击小分队冲上阵地。

张振川介绍说，当我军夺回阵地后，发现防炮洞里，静静躺着已经牺牲了的赵先友。通信员刘顺武也牺牲了，他仍呈射击姿势，手中仍紧紧握着冲锋枪，十多个敌人的尸体倒在他们面前。

战后，志愿军第十九兵团批准二营荣立一等功，一营一连、二营五连立一等功，二营六连荣立特等功并被授予“英勇顽强守如泰山的钢铁连”光荣称号。连长赵先友被追记特等功。

巴金听了张团长的简短介绍，很受感动，决定到六连去采访……

这年他从初春到暮秋，在三八线上跑了许多一线阵地。1954年，他又第二次入朝半年，采访了无数指战员的英勇事迹。

根据巴金创作的小说《团圆》改编的电影《英雄儿女》，生动地反映了抗美援朝战争中涌现的许多英雄的事迹，影片中的王成是英雄赵先友作战历程的真实写照。

1991年夏天，赵先友所在部队为了进行革命传统教育，决定在部队营区建立一座三米多高的英雄赵先友塑像，敬请近百岁的巴金题词，并请老团长张振川撰写碑文。巴金不顾年事已高，题写了下面的文字：

王成式的战斗英雄——特等功王赵先友

巴金　一九九二年八月二十日

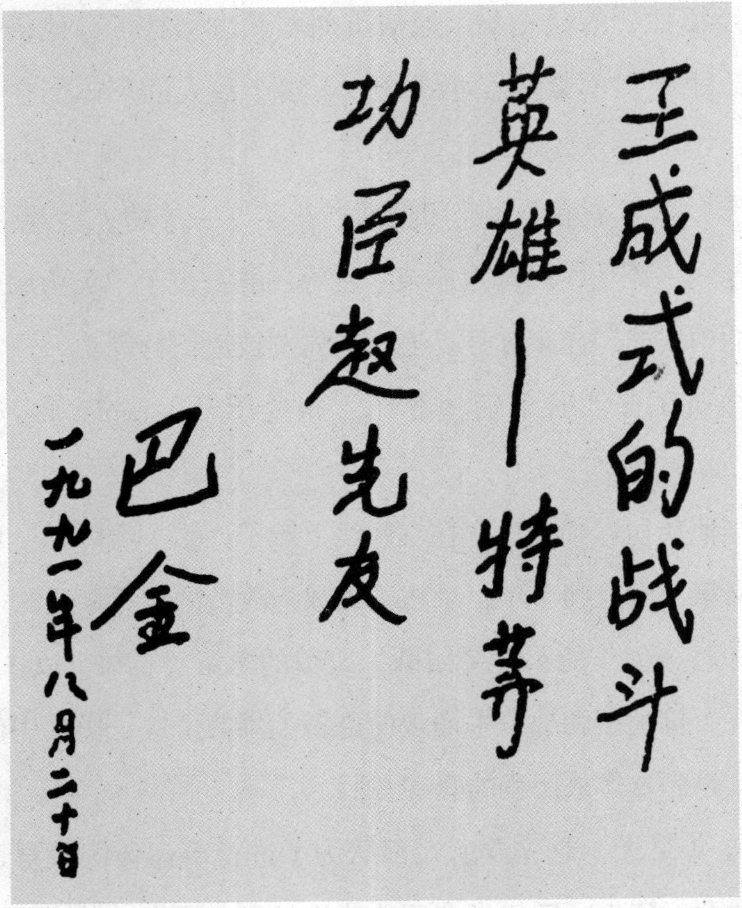

原载于2017年10月16日《中国艺术报》。

三八线来了一位作曲家

初次见到著名作曲家王莘，是在朝鲜战争前线，那时他创作的歌曲《歌唱祖国》，已经在全国广为传唱，随着他的到来，这首歌伴随着金达莱的芳香，在战火燃烧的三八线再一次被唱响。

那个秋天真美，即使敌机在高山上空飞来飞去，炸弹在山野里不断爆响，大山里依然秋色宜人，山山岭岭，松林苍翠，枫叶绣堆，山里红满腹欲滴，板栗咧嘴含笑，野菊花烂漫芬芳。位于商山里的这个群山环抱的小山村，就是我们要去的三八线附近的目的地。

自三八线西段马良山防御战粉碎了敌人的攻击后，我军部队进行了短暂的轮换休整。为丰富阵地上抢救下来的伤员在疗伤期间的文化生活，我与闻淑莲奉命到军文工团学习唱歌跳舞。小闻听到这个消息，乐得直蹦高。这位身穿志愿军服装的妙龄少女来自东北沈阳郊区苏家屯，她从小爱唱二人转，有天赋，性格活泼开朗，在防空洞护理伤员时爱唱“正月里来是新年儿呀啊，大年初一头一天呀啊……”伤员们称她“小白鸽”。我不识歌谱，也不会唱歌跳舞，有畏难情绪。我们去时送我俩的老兵姜华林鼓励说：“文工团有我老同学盛殿元，我俩是 1948 年新中国成立前从北平南池子艺文中学参军入伍的，他会好好教你们。”这让我俩信心倍增。在沿着羊肠小道行进中，小闻顺手采摘山坡鹅黄的野菊花，插在防空圈上，还让我帮助插在背包上，她真想把战地野菊花全部带到军文工团，给战友们分享大山里醉人的秋色。姜华林风趣地说：“瞧，小闻变成花蝴蝶了。”小闻羞答答地说：“为了防空嘛。”

我们穿行在丛林中，飘零的枫叶铺满林间弯曲的小路，踩上去像踏上软地毯。爬过两座山后，我们于黄昏时分到达文工团所在地——商山里。姜华林在山沟被一棵大树遮挡的防空洞前，恰巧遇到战友盛殿元，当面说明来意。盛殿元惊喜地说：“你们来得正是时候啊，三八线来了一位大作曲家，刚从前线阵地马良山采访归来，他就是《歌唱祖国》的词曲作者——王莘老师，他这会儿正在洞里写歌呢。”姜华林急不可待地说：“快让我们见见。”盛殿元说：“洞里太小，你们等我报告一声。”话音未落，洞里的作曲家王莘听到了，面带笑容走出洞来。他中等个子，身穿同我们一样的服装，是位朴实的“老八路”，听到姜华林的口音便问："你也是天津人吧？""是的，宁河县。""那咱还是老乡呀！""老乡见老乡，两眼泪汪汪！"王莘打趣地说。

五次战役后，姜华林被派回国到西安学习时，在国内听到了《歌唱祖国》这首歌，那激动人心的歌词，节奏明快的旋律，感染了亿万群众，唱遍了大江南北。姜华林梦寐以求地想见到词曲作者王莘老师，一见面，他便迫不及待地问这首歌是如何创作出来的。

王莘老师介绍说，1950 年 10 月 1 日国庆一周年纪念日，他出差到北京，在天安门广场看到群众庆祝活动的场面，看见毛主席亲自升起的新中国的五星红旗，在高高的旗杆顶端迎风飘扬，感受到解放了的人民群众欢天喜地、载歌载舞庆祝国庆节的热情，倍受感动。在回天津的火车上王莘激动的心情难以平复，立即写出"五星红旗迎风飘扬，胜利歌声多么响亮，歌唱我们亲爱的祖国，从今走向繁荣富强……"。回天津后，王莘又续写出词并谱曲，后来与在天津的一个工人合唱团联系后，亲自教唱了《歌唱祖国》这首歌，后来电台陆续播出，便引起了轰动。

王莘老师问起我俩："你俩多大了？这么小参军到朝鲜，爸妈舍得吗？"

姜华林说："小闻、小侯已是老兵了，去年刚满 14 岁就入朝了，在救护所当卫生员。"

"哦！你俩人小干大事，当志愿军救死扶伤啊！"

小闻急切地说："作曲家首长，能不能请你教我们唱《歌唱祖国》呢？”

王莘老师顺手拿起一根小树枝，一边打拍，一边教唱《歌唱祖国》。

我们有幸在战地聆听大作曲家亲自教唱《歌唱祖国》，高兴得难以言表。

在军文工团学习唱歌和跳舞的日子里，我和小闻听说王莘老师刚从三八线前沿马良山阵地体验生活回来，他在前线了解到去年 10 月 5 日敌人在坦克、飞机的支援下，向我马良山阵地发动进攻。五七一团激战六个昼夜，歼敌 2600 余人，在其后的反击攻坚战中，在友军的配合下，又歼敌 3500 人，该团七连在马良山防御战中，坚守 216.8 高地，歼敌 600 人，我们也付出了极大代价，战后全连荣立一等功。采访到这些英雄事迹后，根据作家和谷岩写的词，王莘老师在防空洞的油灯下精心谱曲，创作出歌曲《英雄阵地马良山》。

王莘老师回防空洞拿来刚写好的歌曲，一边打着拍子，一边教我们唱歌，声音高亢：

汹涌的临津江，滚滚流向南，
雄伟的马良山，站立在江边，
满山松林常年绿，悬崖陡壁高齐天；
像一个英雄的朝鲜人，日夜守卫在临津江湾。

马良山，马良山，美丽雄伟的马良山，

我们永远歌唱您，英雄阵地马良山。

这激昂动情的歌曲在山谷里回荡……

在战火纷飞的三八线，志愿军的每一次胜利都激荡着王莘老师的胸怀。五七五团英雄一连在澄波里防御战中，敌军一个营向我方阵地攻击 17 次，均被击退，胜利完成了阻击任务，共歼敌 616 人，俘敌 20 人，击落敌机两架，击毁敌军坦克两辆，汽车三辆。战后，五七五团一连荣获了"一等功连""二级英雄连"的光荣称号，兵团党委授予了"打得勇猛，守得顽强"的锦旗一面，连长黄丑和荣获"特等功臣"和"二级战斗英雄"的光荣称号。

王莘老师还到前沿阵地亲自采访英雄连长黄丑和的英雄事迹，他根据杨蒿华、黎雨作的歌词，精心配曲，创作出歌曲《智勇双全的黄连长》:

抗美援朝英雄多，

听我来唱个英雄歌，

智勇双全的指挥员，

他的名字叫黄丑和，

指挥员的好榜样，

毛泽东的好战士，

我们来歌唱。

我和小闻跟王莘老师学会了这首歌。王莘老师在三八线前线创作的两首歌曲《英雄阵地马良山》和《智勇双全的黄连长》，在前线志愿军指战员中广为流传，鼓励指战员的战斗意志，增强官兵胜利的信心。这两首诞生在战火硝烟中的歌曲，像临津江震天的涛声，汇成了志愿军官兵爱国保家的感情潮水，汹涌澎湃，奔腾不息。

2020 年，我特意到保定原志愿军第六十四军干休所看望了离休的特等功臣黄丑和老首长。他已 93 岁高龄，尽管已坐轮椅，但精神很饱满。我立正敬了个军礼，高兴地说："老英雄，我来看望您，您永远是我们学习的好榜样。"

1954 年，老英雄被选为军队人大代表，受邀参加第一届全国人民代表大会，他家的客厅里至今仍悬挂着毛主席、刘副主席、周总理和朱总司令接见他时的照片。当我和老英雄谈到在朝鲜三八线接受作曲家王莘采访的情况时，他说："王莘老师亲临我们阵地，他平易近人，与我们促膝谈心，了解我们指战员的战斗生活，在战壕里教我们唱《歌唱祖国》以及他在前线创作的新歌《英雄阵地马良山》，活跃了我们的战地生活。"忆起往事，老英雄泪湿双眼，嘴里不断喊着"王莘首长"。

60多年过去了，每当重大节日时，我一听到《歌唱祖国》，总是回忆起作曲家王莘在三八线的日日夜夜……

原载于2020年9月14日《解放军报》。

战争让女人忘记羞涩

太阳像一朵圣洁的白莲，在澄蓝色的天空静静绽放，阳光透过玻璃窗，亲吻着房间里的每一个角落。房间里很静，坐在轮椅上的解大姐，今天显得异常兴奋，她急切地等待一位 60 多年没有见面的战友。这位经过抗日和抗美援朝战争考验的老兵，虽已满头银发，仍然精神矍铄，一见面，她就紧紧握着我的手说："小侯，记得刚到朝鲜，你还是个 14 岁的小兵呢，这么多年没见面，真想你呀！"

大姐的名字叫解宝贤，是 1940 年参军的。真想不到，几十年没见，她的声音还是那么清脆洪亮。她告诉我，今年她已经 90 岁了，老了，现在坐上轮椅了。见家里只有她一个人，我便问她家里的情况。大姐说，老伴儿前几年去世了。她有仨儿子，还有俩女儿，是双胞胎。她特意告诉我，大儿子是在朝鲜抱养的孤儿。我一听感到很惊奇，随即用朝鲜语说了句："噢！是朝鲜沙那米（朝鲜人）。"大姐一听我几十年后还会说朝鲜话，快活地笑了起来。于是，她慢慢地向我述说起那段鲜为人知的经历。

1951年五次战役后，为固守三八线，志愿军转入阵地防御战，但敌机仍然猖狂地进行地毯式轰炸，其目的就是要切断我志愿军的后方运输线。为了隐蔽，军后勤部机关白天蜷伏在自己用小镐锹挖掘的洞穴里，夜间行军转移。这天拂晓前，财务处的解宝贤和几位战友放下行装正原地休息，突然，从静谧的山谷里传来一阵婴儿撕心裂肺的哭声，这声音划破了硝烟弥漫的山谷。解大姐感到心弦一颤，立马挺起身来，举目张望，侧耳倾听，不由自主地向坐在身边的小战士叫道："小曹，你听见孩子的哭声没有？"正在休息的小曹噌地站起来，目不转睛地向大姐所指的方向静听，说："听到了，是孩子的哭叫声！"

解大姐毫不犹豫地叫小曹跟她去看个究竟。当他们沿着崎岖的山路、大步流星奔到孩子身边时，被眼前惨烈的一幕惊呆了。只见一个全身一丝不挂的婴儿，小嘴正叼着阿妈妮干瘪的乳头，而阿妈妮已然遍体鳞伤，血渍早已风干凝固，双眼瞪望天空，充满着仇恨与不舍；不远处刚要迈进栅栏院门、身背干柴背囊的阿爸基，也躺在血泊中，庭院里的茅草房被敌机炸塌燃烧，丝丝余火还冒着青烟。显然，阿妈妮是在敌机轰炸时，刚抱着孩子跑出房门时被炸倒的。看着这惨景，解大姐立即弯腰，解开衣扣，把孩子贴身抱在怀里，孩子得到了一点儿温暖后望了望陌生的面孔，小嘴本能地寻找乳头。解大姐虽然是在入朝前结婚，但始终没有要孩子，根本没有哺乳的经验。可是，面对突如其来的婴儿的哭泣，母爱的天性让她义无反顾地选择将青春红晕的乳头塞在婴儿的嘴唇里。孩子开始如饥似渴地拼命吸吮。这是解大姐有生以来第一次被婴儿吸吮奶头，由于没有奶水，被婴儿嘬得钻心的疼，不一会儿就被嘬咬出鲜红的血液。解大姐说："当时，这小东西可真饿急了。"无奈，她只好又让小曹快拿来炒面，打开水壶，用水搅拌成面糊，没有小勺，自己就喝一口面糊含在嘴里给孩子嘴对嘴喂。孩子开始不接受，闭嘴躲，经反复多次喂，终于渐渐适应了。经过一段时间的喂水、喂炒面，小孩终于来尿了，尿湿了大姐的衣裤，直到这时她才发现，小家伙原来是个男孩儿。从那以后，大姐就将孩子带在身边，逢人毫不掩盖地喧嚷，我有个小男孩。战友们打趣地问她："从来没见你生孩子，怎么会突然从石头缝里蹦出一个小男孩？还当众让孩子吸奶头，难道你不怕羞、不脸红吗？"大姐听后，严肃地说："脸红什么，战争中的女人哪里还顾得上羞涩，救命比什么都要紧！"

大姐的话是那样说，可在朝鲜战场上带一个小孩子可不是件容易的事。夜间要经常转移行军，身上要背负一周食用的炒面、水壶、背包、挂包，这本身就挺重的了。现在，又多带一个婴儿，困难可想而知。战友们劝她说，若有合适的人家，就把这个孩子送出去。可在那样的战争岁月，很多朝鲜家庭连自己家的孩子养着都费劲，何况一个孤儿。大姐说，在最困难的时候，她总是想起入朝前母亲曾跟她说过的话："闺女，要记住娘的话，在战场如见死不救，那就是罪人！"

抱养孩子后不久，后勤部里又来了小崔、小马两个女兵，战友们专门给解大姐她们挖建了一个防空洞。谁想，刚住进没几天，有一天早晨她走出洞，回头一看，洞顶扎着一颗硕大的炸弹，半截露在外面。好家伙，大姐惊吓出一身冷汗，这要是炸了还得了，她急忙进洞喊小崔、小马快出来，说洞顶有炸弹，并立马抱孩子跑出洞。大姐把孩子交给小崔，说："你们快走远一点儿，我去想办法把洞顶炸弹搬走，如果有个三长两短，你们俩将来谁活着，谁就负责把孩子养大。"见状，小马焦急地说："大姐，我去帮你。""不用，你们快走开。"大姐说着找来绳子爬上洞顶，仔细观察后思量着，炸弹扎到洞顶上，这么大的撞击都没爆炸，肯定有原因。再细听，也没有时针的嘀嗒声，她想，这肯定是颗臭弹！于是，她果断把炸弹捆绑起来，用尽全身力气，把炸弹移到远处山沟的悬崖边。接着，她顺势把炸弹推入了无人的深沟。返回没走几步，只听一声巨响，随着惊天动地的爆炸声，大姐对孩子的忧虑瞬间烟消云散。战友们听到爆炸声，以为出大事了，纷纷跑来看。大姐站起来，拍了拍身上的土说，没事没事，回去吧！有人问："炸弹怎么会响了呢？"大姐说："我也不知道，推下去它就自爆了！"这时，小崔抱孩子赶来说："大姐，你刚才说，谁活着谁养。你命大造化大，孩子还归你养！"

回忆到这里，大姐手捋着满头银发微笑着，说这事儿如今想起来真是有点儿后怕呀！

经过半年多精心喂养，小男孩开始能站立起来。走了几次，孩子总是哭，解大姐意识到，是孩子没穿鞋子的缘故。

当晚，战友和孩子入睡了，但她脑子里还翻腾着给孩子做衣服的心事，便起身点亮煤油小灯，因没布料，她便把衬衣角剪下，做了双袜子，又用敌机夜间投放照明弹时悬挂的降落伞的伞身布料给孩子做了身合身的衣服，这一针针银针刺落了防空洞顶上的繁星，一丝丝线牵来马良山上空的太阳。姐妹们都看到，大姐住的防空洞里灯光又亮了一夜。

一天，解大姐背着孩子随部队行军到达宿营地后，山峁上微风吹来，有丝丝寒意，山下的涧水叮叮咚咚，水面上漂着散落的花瓣。这时，孩子大声哭闹，几个姐妹抱过来，你拍拍、她逗逗，孩子仍哭闹不止，大姐接过来，解开上衣露出乳头喂进孩子嘴里，孩子立马不闹了。

战友劝她："大姐，该给孩子起个名字了。"

大姐看着怀里的孩子，虎头虎脑，小脸长得白白净净，眉毛浓密乌黑，大姐思考许久。

"叫永生吧！希望孩子结结实实活下来。"

"这名字是从你奶头上嘬出来的。"战友一句话，逗得大家开怀大笑。

"嘿！瞧你说得多砢碜啊！"

“砢碜什么，看你敞开胸露出一对奶头，那不砢碜？”

“女人应做女人事，这是战争逼的。”

解大姐的爱人，军后勤部部长王子修入朝以来一直在前线指挥作战，夫妻俩不经常见面。他因受伤来到我所在的前线救护所疗伤时，才知道解大姐抱养了一个朝鲜孤儿，当战友们祝贺他有了一个叫王永生的朝鲜儿子时，他开心地连声说好啊、好啊。

不久，部队转移到东目洞，恰遇一位白发苍苍的阿妈妮，领着一个与永生一样大的小孙女，在山沟草棚里，因没吃的抱着阿妈妮哭泣。大姐将身上背的炒面倒在阿妈妮身边的一个盆里，阿妈妮抱起盆感动地说：“高马思密达基温贡（谢谢志愿军）！”

这位朝鲜阿妈妮一见到小永生就喜欢得不得了，她望着永生苹果似的脸蛋和黑葡萄似的眼睛，情不自禁地将永生抱在怀里，对大姐说：“你们整天行军打仗，带着孩子是个累赘，干脆就放在我这里吧，我就是讨饭，也要把他养活。”小永生对阿妈妮感到陌生，伸出双手紧抓大姐的衣服，拼命地呼喊妈妈。大姐把永生抱过来，告别了阿妈妮。这时，她看到永生泪流不止，浸湿了山里的野花。

这年 7 月 27 日 24 点，朝鲜战争停战了。我们所在的第六十四军凯旋归国，解大姐和爱人王部长被调回十九兵团，我们从此分开。归国后，大姐一直含辛茹苦地带着孩子，关注着孩子的成长。从上学、参军、转业，直到谈恋爱、成家、立业，无一不事必躬亲，对永生甚至比对她后来亲生的四个孩子还偏爱。大姐的爱人王子修担任某军区参谋长和总后司令部参谋长，这位将军将永生视为亲骨肉，关爱有加。大姐说，永生这孩子为人厚道，忠诚老实。我问大姐，您给孩子说过他的身世吗？大姐说，说过，是他成家立业后我才告诉他的。我问，永生听到后什么反应？他没提出回国吗？大姐说：孩子肯定有点儿吃惊，但他很镇静地说："我是妈妈的儿子，没有妈妈哪有我，我哪里也不去……"这时，我见大姐含泪欲滴，忙给她端过一杯热水。

说来也巧，我跟大姐见面的这天，正巧赶上永生从武汉回北京探亲。说着，大姐冲着楼上喊道："兵兵，家里来客人了，叫你大哥下来一下！"立时，我听到一个女生亲切自然地叫道："大哥！大哥！妈叫你过去一下！"兵兵是解大姐的小女儿，在军队医院工作，是一名出色的儿科大夫。我问她："你跟大哥亲吗？""亲，是亲兄妹，小时候大哥带我们玩，有好吃的总先给我们吃。"不一会儿，门开了，兵兵牵着大哥的手走到我面前。我打量着这个从战争中侥幸生存下来的叫永生的朝鲜孤儿：个头儿不算太高，头发已然花白，面带笑容。我对永生说："我们聊聊你的身世，你不介意吧！我和你妈都是基温贡（志愿军）。"大姐也跟着说了句："阿得儿（儿子）。"永生笑着摇摇头："我听不懂。"大姐说："永生今年已经60出头啦，退休了。"我随口说："永生长得跟朝鲜人很像嘛！""是啊，他本来就是朝鲜人。只是因为战争，才把他变成了中国人。"大姐如实道来。我说："是啊是啊，永生是中朝友谊的最好见证。"

解大姐开心地说："永生这孩子小时候爱哭，我多次当着战友们的面儿解开衣扣，把奶头塞进他的嘴里。战友们开玩笑，说我是个不知羞涩的女人。那时，我满脑子想的是怎样让永生活下来，哪儿还顾得上害羞呢。"

永生接着母亲的话茬儿说："妈，你有超越国界的母爱，博大圣洁，你是世界上最伟大的母亲。"大姐嫣然一笑，脸上露出淡淡的红晕，或许那就是女人的羞涩吧！

原载于2016年4月6日《中国文化报》，2016年6月《军体之友》转载。

一封未寄出的信

这是一封未寄出的信，它写于朝鲜黄海南道地境洞。虽然已经过去 60 多年了，但那真挚的文字犹如一盏心灯，始终亮在我的生命中；书信背后的故事更如空谷幽兰，一直散发着沁人的馨香。

那是 1952 年初秋，防御战部队轮换休整，军后勤部举办文化扫盲班，我和卢护士被所里派去当辅导员，给教员王俊杰当小帮手。王教员给我们安排住处，并介绍了教学计划。次日，在山坡松林里上课，因没有黑板，王教员将写在纸上的拼音字母挂在树枝上，学员们席地而坐，聆听老师讲课，松林里不时听到琅琅的读书声。

恰在此时，祖国人民赴朝慰问团给志愿军带来了慰问品，慰问信更像雪片般飞到战地，我们扫盲队里几乎人手一封。此时，学员们尽管学了一些字，但还是读不下来。有的人想回信，但从未写过信，不知如何下笔。王教员看在眼里，急在心上。他选了一封来自鸭绿江边安东市第六中学的初中学生姜淑香的慰问信，在课堂上读给学员们听，并当场挥笔写回信，以作示范。

不幸的是，那天正在上课时，突然听到防空哨鸣枪示警，敌机可能要来，王教员立刻大喊一声“疏散防空”，然后他转身回到草房，去给学员取学习材料，没想到，他刚跨出门，正碰上敌机投下的燃烧弹，将他冲倒。军帽瞬间变成了火球，他浑身上下蹿起了火苗，怕暴露目标，他紧咬牙关，硬挺着趴在地上没有移动。敌机飞走后，他才艰难挣扎着爬到不远处的水田灭火。我们赶到抢救时，见他头发全被烧焦了，身上黑一块儿紫一块儿，严重烧伤，隆起好多血泡，人已昏倒在地。我和卢姐给他包扎后，让担架员火速送到救护所。所长亲自接诊抢救，首先打了抗休克的止痛针，清洗烧伤创面。这时，王教员苏醒过来，只见他艰难地睁了睁眼，说：“水。”我立即打开水壶盖，可因他头部烧伤，张嘴困难，怎么喂水呢？机灵的卢姐说：“小侯，快去房东阿妈妮家后院剪根芦苇管。”我拔腿跑去剪来芦苇管，给他喂了水。王教员眼睛微闭，嘴唇嚅动了几下，断断续续地说：“口袋里……有封信……还有一枚纪念章，寄……”话没说完，他就停止了呼吸。

清理他的遗物时，我在他的口袋里发现了一封沾血的信，这封未寄出的信是写给安东市第六中学姜淑香同学的回信，正是那封写给学员的示范信。因战没法邮寄，卢姐让我保存好，待有机会一定完成烈士的遗愿。

事后，我们将王教员安葬在地境洞山坡上的大松树下，卢姐在一块儿木板上工整地写了“志愿军文化教员王俊杰之墓”。一位热情赤诚的志愿军军人的灵魂，从此在此安息。

此后，我再也无法见到战友王教员的音容笑貌，听不到他洪亮的教书声。但他在弥留之际托付的这封信一直与我朝夕相处。行军时，我把它装在挂包里与我同行。夜宿时，我把它放在枕包里与我共眠。

那个冬夜，我们救护所驻地大乌里山沟遭敌机轰炸，三班防空洞被炸塌，战友们摸黑刨土石抢救受伤的同志，寻找被埋的物品。我急于寻找存放信的枕包，忍痛扒拉着土石，手被磨破了，指尖滴着血，终于在天亮时扒出我的枕包，找到了那封信。

1953 年 7 月 27 日，我所在的中国人民志愿军十九兵团第六十四军得以凯旋，驻防鸭绿江边沈安线（现沈丹线），我们军医院住在凤凰山下的吴家崴子。刚回国，中央歌舞团、京剧团即来慰问演出。大家兴高采烈地要到城里看节目。卢姐对我：“小侯，咱请假送信去。”于是，我与卢姐一起来到所部。

没等开口，所长问：“你俩来有啥事？”

“我们请假，到安东跑一趟，把烈士王教员的信送出去。”所长知道这封信的来龙去脉，毫不犹豫地同意我们去办。

我们从来没坐过客车，记得入朝到安东后，第一次坐火车是闷罐货车，这次打听着坐上了从（辽宁丹东市）凤凰城站去安东（今丹东市）的客车，过了三个小站，就到安东站了。下车后看见站台上都是学生，他们手持鲜花，打着“热烈欢迎志愿军凯旋归国”的横幅。我俩急忙问有没有六中学生，结果没有找到，只好出站沿街问路，终于问到第六中学所在地。一进校门，正赶上老师集合学生队伍，分批到车站迎接志愿军归国。老师和学生们见我俩是志愿军，便很热情地围了过来。我们打听姜淑香同学时，老师说她是初中二年级学生，今日没来，但初一年级一班的姜淑英是她妹妹。稍候，老师叫来齐耳短发的姜淑英。我想把信交给她，卢姐说：“不，一定要亲自交给姜淑香，这是王教员的重托。”听我们说明来意后，小姑娘向老师告假，蹦蹦跳跳地领我们来到一个小山村，走进一个清静的农家小院。

院内，一位梳着羊角辫的小姑娘正在一棵山楂树下的石台上写着什么，妹妹喊了一声：“姐，志愿军叔叔阿姨来看你了。”小姑娘站了起来，用惊讶的目光望着我们这两个陌生人。卢姐走近眉清目秀的小姑娘，说：“你就是姜淑香？可算找到你了。我们是刚从朝鲜前线归国的志愿军，今天给你送来一封信和一枚抗美援朝纪念章。这封信是志愿军文化教员王俊杰叔叔写给你的，纪念章也是他送的。他刚写完信不久，就在一次敌机空袭时壮烈地牺牲了。”

小淑香听到这番话，“哇”地一声扑进闻声而来的妈妈的怀里，失声痛哭。待平静后，卢姐给她擦了擦眼角的泪水，问：“你小小年纪，怎么想起给志愿军写慰问信的？”小淑香回忆起自战争爆发以来，敌机像苍蝇一样乱飞，火光映红了天空，硝烟像乌云一样翻滚，鸭绿江第二铁桥被炸断，自己心中的彩虹破灭了。三年来，警报声频频传来，小淑香没睡过一个囫囵觉。她对我们说：“这情景，让我们怎能不为前线的志愿军叔叔和阿姨们担忧呢，那是我们的亲人啊。”

哪怕是在这样一个四面环山、偏僻得几乎被遗忘的小山村，村里大人和孩子们也都在关心着前线志愿军战士的安危。

小淑香从我手中接过王教员写给她的回信，一字一句地读着，眼眶里的泪水又禁不住滚落下来。她似乎想对我们说些什么，却一时哽咽了。读完信，她又取出纪念章仔细观看，她想，这枚纪念章，凝聚着志愿军叔叔的鲜血和深情，所以她感到格外珍惜。小淑香沉思片刻，对我们说：“志愿军叔叔、阿姨，王叔叔虽然牺牲了，可我读着他的回信，好像还听得到他心脏的跳动声。你们看，这纪念章上的和平鸽还在飞。”小淑香的话，犹如鸭绿江上的浪涛声，激荡着我的心胸。

我们与小淑香一家人告别，走出了院门。走出好远了，回头还能看到小淑香将那封信抱在胸前，亭亭玉立地站在大门口，与我们依依惜别。此刻，太阳刚落山，西边天际那血红的晚霞映红了八道沟里的小山村，也映红了小淑香稚嫩的脸庞。那一幕，好像就发生在昨天，至今仍然时时拨动着我的心弦。

原载于2017年6月12日《解放军报》。

一首老歌的故事

有一首我熟悉的老歌，像陈年佳酿，散发着浓烈的醇香，像空谷幽泉，撞击着我的心灵。60年过去了，每当我想起这首歌，我的心就会飞到硝烟弥漫的朝鲜战场，听志愿军女战士闻淑莲演唱《王大妈要和平》。

1952年春天，天朗气清的一日，军文工团来为阻击战中光荣负伤的勇士们慰问演出，他们带来新歌《英雄阵地马良山》。这是词曲作家王莘根据三八线西段马良山阻击战创作的，非常雄壮有力，很是鼓舞斗志。特别是文工团团员小白唱的女声独唱歌曲《王大妈要和平》，感人至深。爱唱歌的小闻第一次听到这首神似家乡东北小调的歌，朗朗上口，很快就哼哼呀呀地学唱起来了。

文工团团员们在防空洞里进进出出，不知疲倦地演出，不仅使伤员们欢欣雀跃，很受鼓舞，也使我们医疗所所长深受启发，所长特意向文工团提出，为所里培养几名喜欢文艺的小兵，以便在平时也能为伤员们歌唱。文工团领队听到这个要求后，畅快地答应了。所长便立即指示护士班石班长快选人，石班长当即就选了小闻、小曹和我。

我们仨到达文工团驻地后，每天上午跟白老师学唱歌，下午向郝教员学跳舞。通过学习，我们唱熟了《歌唱祖国》《防空哨之歌》，还学会苏联卫国战争时的《共青团之歌》和朝鲜歌曲《人民军和志愿军之歌》以及朝鲜歌舞阿里郎、道拉基……白老师发现小闻有唱歌天赋，特意教她独唱民歌《我们新疆好地方》、歌剧《白毛女》选段及那时很流行的《王大妈要和平》。《王大妈要和平》把一位不怕苦和累、四处宣传和平的中国中老年妇女的形象生动描绘了出来："王大妈要和平，要呀么要和平……"

一天下午，我们正在松林里兴致勃勃地学唱歌、练跳舞，敌机俯冲下来扫射，轰炸声震耳欲聋，燃烧弹火光冲天，不一会儿，周围一片火海。当我抬头发现俯卧在我身旁的小闻时，她已血流满面，鲜血浸透了绿军装，腿也负了重伤，不能动弹，我急忙找来止血袋、急救包，和小曹一起给她止血包扎，我们中止了学习，护送她回所里。所长当即决定将她后送至兵站医院。从休克中清醒过来的小闻听说要后送，流着泪对所长说："不要后送，我学的歌还没来得及给伤员们唱呢！"

住院期间，小闻看到，医院附近的鸡冠山火车站里堆满了支前物资，箱子上写着“抗美援朝，保家卫国”等口号，一列列满载支前物资的火车往复通过，广播里也不时传来“王大妈要和平，要呀么要和平”的歌声，她按捺不住，天天要求医生：“我要出院，重返前线。”

这一天终于等来了。小闻第二次跨过鸭绿江。她搭乘前送物资的嘎斯汽车（苏联“高尔基”汽车厂生产的汽车）返回所里。途中，在漆黑的夜里过清川江封锁线时，为了不暴露灯光，车有灯不能开，副驾驶员披着白布单在车前跑步引路。车刚过河，突然敌机投下几颗照明弹，像挂在夜空中的天灯，把大地照得一清二楚，引路的副驾驶员立马上车，司机趁着敌军照明弹的光亮，加大油门，加速前进。绕了一圈的敌机发现了嘎斯汽车，凶狠地向汽车所在地投下炸弹，爆炸冲击波掀翻了汽车，小闻被甩出，远远地趴在地上，但幸免只擦破了皮。正在这里填埋炸弹坑、修护砂石土路的朝鲜老乡看见了，立即帮忙把汽车推上了路，汽车又继续前行。

所里那时很重视战地文化宣传活动，在给伤员医病疗伤的同时，还组织安排文艺骨干在防空洞里为伤员唱歌，在松林树下跳舞。石班长是北京刚解放时初中毕业参军的文化人，她从伤员中了解英雄事迹，编成快板儿演出，使伤员们很受鼓舞。特别是小闻，从医院归来后，成了最活跃的文艺骨干，大家都喜欢听她声情并茂地演唱《王大妈要和平》，特别感人。有一天，为欢送康复出院的伤员，她又清唱起了这首歌，歌声在被战火炸焦的山岩中回荡。临近的防空洞里的阿妈妮和她的小孙女也听到了，跑过来问我：“丫一个要同目么呀（小女孩儿唱的什么歌）？”我说：“《王大妈要和平》。”她激动地走到小闻面前，拉着她的手说：“巧思密达（唱得好），我也要和平呀！敌人毁了我的家，让我家失去三位亲人，我失去了老伴儿，孙女失去了父母，现在居无片瓦，吃无粒米……”说着，老人泪流不止。

岁月沧桑。如今小闻已迈入古稀之年，成了闻奶奶，但她老兵的本色没变，依旧曲不离口，经常参加老年合唱团，还担任过百人大合唱的领唱，每次演出时，她都要演唱《王大妈要和平》这首老歌……

原载于2012年9月29日《解放军总医院报》。

防空洞里的年夜饺子

2013年春节前夕，我登门拜访了年逾80岁的老班长石景云，当年在抗美援朝战场上，战友们都尊称她“石头大姐”。一见面，我就关心起她的健康状况，因为我知道她腿受过战伤。她指着床头的木手杖说：“现在它是我的小帮手。”老战友相见，总爱回忆往事。石头大姐是地道的北京人，有文化，性格开朗，记性好，提起往事，记忆犹新。

提起1952年春节，大姐滔滔不绝与我回忆：“你还记得在防空洞里包年夜饺子吗？”我说：“那还能忘。”那是1951年在三八线阻击战粉碎敌人冬季攻势后，因战伤救治任务紧张，我天天忙着救治护理前线不怕牺牲的英雄伤员们，整天进这个防空洞给伤员换药，去那个洞给伤员送饭，忙得不知道年月日，只知道日出是白昼，日落是黑夜。

那天，大雪纷飞，我踏着过膝的积雪，提着马灯巡诊回来。石班长看到马灯的光亮，便大声喊道："小侯，快回来，要过年了，跟我到炊事班领东西，然后包饺子。"

当时我心里一惊，诧异地想："噢，过年了！"我们到炊事班领了一盆面、一把腌的野菜、一个蛋黄罐头和一些油盐。我天真地问班长："石头姐，过年为啥包饺子？"她说："这还用问，谁家过年不吃顿饺子？"我说："俺们陕西过年吃臊子面。"石班长让我削好一根木棍，我还不知道做啥用，她告诉我用它擀饺子皮。我说："记得我娘用碗扣皮。"我这么一说，逗得大伙哈哈大笑。有的说，这是陕西一大怪，面条长如裤带，饺子皮用碗盖。

我既不会擀皮，也不会包饺子。石头姐让我负责给大家递皮，摆包好的饺子，等煮饺子的时候烧火。我说："好，这活儿我会干。"说话间，干活麻利的卢维廉大姐调好饺子馅儿，石头姐和好面，开始擀皮，大家高高兴兴地开始包年夜饺子。

防空洞里，用罐头盒做的煤油灯的火苗虽然小，光亮似乎摇摇晃晃的，但橙黄色的火苗却映照着每个人开心的脸庞，勾起了战友们对家乡年味的回忆。

其间，出生于四川自贡市的邬子江说起过年的趣事。他说："我们那儿过年可热闹哩，庙会上啥子都有，庭院、街上到处挂起形形色色的彩灯，让人目不暇接。”从沈阳参军的小闻说：“俺们那旮旯过年时扭大秧歌，唱二人转。”说着，她立马唱起来：“正月里呀是新年呀……”唱完又说：“我妈还包黏豆包呢，可甜了。”我也抢着说：“俺们陕西家家贴对联，门口贴‘出门见喜’，院里贴‘满院春光’，土炕梁上贴‘抬头见喜’，粮仓贴上‘五谷丰登’，连牛棚也要贴上‘槽头兴旺’。”“老八路”朱慧珍大姐说：“你说的全是单联。”我说：“有对子，灶房换新灶王爷，上联是‘上天言好事’，下联是‘下降保平安’。”石头姐补充说：“1950 年春节咱们第六十四军在你老家陕西宝鸡地区驻防修天宝铁路，当地群众穿古装，骑大马，耍灶火，很热闹。”

尽管防空洞外硝烟弥漫，炮声隆隆，敌机空袭不断，惨烈的血与火的战争仍在继续，但这小小的防空洞里，战友们坚强的意志、旺盛的斗志、乐观的精神深深地感染着我，这里人人都渴望胜利，期盼和平……

正当大家兴高采烈地回忆往事时，突然，一声巨响，我们个个儿被震得前翻后仰，小油灯也被震倒，洞里一片漆黑。石头姐被炸塌的土石压住双腿，不能动弹。我们急忙刨开土石，将她扶起来。石头姐双腿因挤压淤血难以站立，但她坚强地说：“敌机空袭了，快去看看邻居阿妈妮家里是否平安。”

我们连忙跑向阿妈妮家的防空洞，远远地，我听到她的小孙子明珠正在洞里嘶哑地哭喊：“志愿军叔叔救人呀！”我冲过去一看，他们家的防空洞也被炸塌了，我马上转身跑回班里报告情况。大家急忙赶过去，因缺少工具，我们就用手挖土，手出血了，冻僵了，仍坚持着，终于把一家三口救出了防空洞。阿妈妮感激地说：“志愿军真好，谢谢！”我们说：“不用谢，一家人！”

此刻，东山顶上蜿蜒的龙脊已涂上鱼肚白，初一的黎明即将来临，尽管大家已筋疲力尽，石头姐还风趣地说：“咱们过年没放鞭炮，敌机给我们送了一个大炸弹，也算听见响儿了。大家回防空洞，继续包年夜饺子。”

不久，防空洞口已映进晨曦，石头姐又让我到居民家借锅煮饺子。我刚出洞，就看见阿爸基领着小孙子端着打糕和辣泡菜走来，我将他们迎进洞来，阿爸基一见面就说：“过年好！谢谢志愿军救了我们。”石头姐说：“过年好！这是应该做的。”因朝鲜同我们一样也过春节，石头姐当即决定，带上年夜饺子到阿爸基家与老人家一起过大年。于是，我们一同随老人来到他家的防空洞。

当第一锅饺子煮熟后，石头姐让我和小闻先给伤员送去一些，于是我俩提着马灯，拎着用罐头盒装的饺子，来到伤员防空洞。他们一见，高兴地说：“没想到还能在防空洞里吃上年夜饺子。”

阿妈妮让我们品尝打糕和风格别样的辣泡菜。老人家也第一次吃了我们的年夜饺子。大家其乐融融地共祝龙年吉祥。

时光荏苒，迎接新年的鞭炮声已经响起，此时此刻，我又想起61年前在朝鲜防空洞里度过的那个除夕之夜。

原载于2013年2月9日《解放军报》。

临津江漂流的花瓣

这个夏天，因炮火硝烟的熏烤显得格外炽热。三八线临津江变得发烫，起伏的大山岩石被烤得冒烟，山坡上的树木叶子都打蔫了。参加五次战役的勇士们，汗流如雨，斗志昂扬，冒着枪林弹雨突破临津江，追击围歼敌人。

我所在的第六十四军前线救护所，紧随主攻方向一线部队，采取阶梯配置，执行战地抢救伤员的保障任务。一条抢夺生命的战线就此展开。

在临战集结地准备阶段，所里组织一个由护士卢小花任组长的后送组，组里成员有东北支前民工老张等四名担架员，陈长富和我两个卫生员。老张 30 多岁，长得人高马大，性格爽快，参加过辽沈战役，是个“老支前”。他嘀咕说：“上火线，救伤员，抬担架，小卢一个黄毛丫头能行吗？”我说：“你可别小瞧卢姐，她虽然只有17岁，比我俩大3岁，可她却参加过1949年进军大西北，特别是解放我们家乡关中的扶眉战役以及追歼马家军、解放宁夏的战役，她是救护伤员的老兵呢！”小陈也紧跟着说：“这几天她教给我们这些新兵卫生员战伤救护，止血、包扎、固定、搬运四大技术。”我又说：“她可有文化哩，还教我们认拉丁文药名呢！”说话间，卢姐走出防空洞，摘了洞口几朵小野花，插在柳条编的防空圈上，向我们走来。

老张见到眉清目秀、剪着齐耳短发，穿着一身新发的志愿军夏装，显得英姿俊俏的小卢，逗趣地说：“小卢组长，今儿你可真像个要出嫁的花姑娘。”卢姐说：“别开玩笑了，现在检查一下你们带的东西。”她先喊我：“小侯，打开包，让我看看。”我急忙翻开十字包，她一查，严肃地说：“怎么只有一条止血带？三角巾急救包也少一个，快去朱司药那里领，补齐基数。”“好！”我说。她又检查担架员带的炒面袋，叮嘱道：“要求你们每人多带一份，给伤员准备，不足的马上去陈管理员那儿领。”事后，老张敬佩地说：“这丫头，工作认真，毫不含糊，好样的。”

夜幕即将降临，通信员小刘传来所里出发的命令。我们背起救护器材，挎上炒面袋、水壶，开始踏上征程。夕阳西下，山间的树木悄悄收回影子，树梢间筛漏出的几颗星星不停地闪烁着，传递着方位，脚下的砂石被我们蹬踩得不停地呼唤着。前方不时传来炮火的爆炸声，陪伴我们迎来黎明。

当我们爬过又一座山岭，朝下坡走时，只见雾茫茫的右前方，横着一条望不到头的大河，像一条银光闪闪的飘带。队伍前头传来消息：我们走到临津江了。在每个志愿军将士心中，临津江是一条必须到达的江，是一条决战的江，是一条坚守寸土不让的江，是一条标志我军胜利敌人失败的江。

我们到达了临津江，大家激动不已，夜行军疲惫的躯体一下子被激活起来。在我前面的卢姐又传过话来——加快速度，天大亮前必须过江。于是，我们三步并做两步走，很快来到江畔，只见江水波涛拍岸，一座简易江桥已被敌机炸断，几根残损的桥桩凄然挺立着。通信员小刘急促地跑来，传达所长指示，所长决定尽快蹚水过江。机敏的卢姐问大家："你们会水吗？"担架员老张说，我们几个来自辽河边盘锦，都会两下，他还反问小卢，你怕水吗？卢姐说："我出生在河北白洋淀，从小在水里泡大的。"卢姐问我："小侯，你呢？"我说："我是个旱鸭子，入朝过清川江是夜里从简易浮桥上过的，真没在江里踩过水。""别啰唆了，跟紧我过江。"卢姐要求在湍流的江水中一定要把救护器材携带好，以防江水浸湿。

只见她利索地把扎着小花的防空圈往江水中一扔，纷飞的小花瓣伴着翻滚的江水漂流远去。卢姐卷起裤腿，把器材顶在头上，抢先入水，一手扶着器材，一手摆动着划水，轻飘飘地，她浮动在江水中，宛若一朵绽放的荷花。紧随其后的老张赞许地说："小卢，你现在是荷花仙子啊。"

当我们到达江心时，突然听到呼啸而至的敌机，在江面上不停地盘旋，不断扔下重磅炸弹，激起冲天的水柱。卢姐大喊：“不要慌！加快速度过江。”我快步移动时，来了个马失前蹄，迈入一个漩涡，江水呛得我喝了一大口水，噎得我急忙抬头“噢”了一声！多亏卢姐赶过来，一把抓住我的左臂托起，没有让我沉下去。卢姐水性真好！

到达江岸，传来通信员小刘在刚才敌机轰炸时壮烈牺牲的消息，我们感到非常悲痛。在这片土地上，每前进一步都是那样的艰难，那样的沉重，我们是在战友们用鲜血染红的征途上前行啊！

之后，因我们这个后送组会水的人多一些，所里将我们配置在江南转运点，主要担负护送伤员过江的任务。

过江后，不断有伤员转来。这天，突然接到五六八团卫生队调剂员姜华林护送来的 13 名伤员，姜华林自己左腿负伤，还带着 13 名伤员，他介绍完伤情后，急切地说：“快给点儿吃的，我们已断粮三天，行军途中靠采野菜、挖草根充饥。”卢姐听后立即让我把担架员带来的备用炒面冲给伤员们喝。小姜一边喝着炒面糊糊，一边特地告诉我们：“前线已完成第一阶段歼敌任务，很快要回撤到临津江北岸，转入第二阶段防御战，你们得尽快送伤员过江。”

卢姐听到这个消息，更感到任务的紧迫，便根据伤情的轻重，组织护送伤员。她分配小陈护送能走的伤员先涉水过江，几名重伤员用担架抬着后送。她检查时发现小刘伤情比较重，准备先送他。小刘说："先送卢排长，他是带领我们打退敌人三次反击时负的重伤。"卢姐当时正在检伤，还没有查到卢排长，听小刘几次说"卢排长"，她才急着问小刘："卢排长叫啥名字？"小刘说："卢大宝。"卢姐一听说排长叫卢大宝，就惊异地问："啥，卢大宝？人在哪里？"小刘指着不远处说："那边山脚松树下，卫生员正给喂炒面的那个。"霎时，卢姐身不由己地奔到卢排长面前，俯身大喊了一声："哥！你也负伤了啊！"此时的卢姐抑制不住痛哭，泪流满面。卢排长因头部重伤，三角巾包着面部，无法看清，但熟悉的乡音，亲近了兄妹情。卢排长问："入朝时，你不是被留在咱们军宝鸡留守处吗？""我们待不住啊，我想同你一起战斗，便积极再三要求入朝参战，这次战役前，我是同几个女兵匆匆赶来的。"卢姐一边说着，一边急忙打开哥哥头上紧包的三角巾，查看伤口。血肉模糊的创面，让她震惊、心痛怜悯、心悸手颤。卢姐拿着镊子轻轻地用盐水棉球一镊一镊地清洗着，心像针扎一样地痛，包扎好伤口后，卢姐说："哥，你伤得这么重，得尽快送你过江。"哪料卢排长却说："小花，快些送我的战友，小刘是用手雷炸坏敌坦克时负的伤。尤其小姜，他不仅腿有伤，护送我们时，怕伤员吃野菜、草根中毒，给伤员吃之前自己先尝是否有毒，结果几次尝得鼻口冒血，但保护了我们这批伤员。他身体太虚弱了，快点儿送他们吧。""听你的，你等着，一会儿再护送你过江。"卢姐坚决地答应着。

过江护送伤员，为防止江水浸湿伤口，需抬高担架。用第一副担架送小刘时，已去了三人。这时要送小姜，只剩下担架员老张，他要求背着小姜过河，卢姐说："这可不行，他腿有伤，别叫江水湿了他伤口，还是咱们三个抬吧。"我扶着小姜，让他卧在担架上，坚强的老张说："我在后边，你俩在前边抬，咱们快走吧！"尽管现在还不到大汛期，但江水无情地翻腾着，在江心深水区，波浪席卷，我们高抬担架。江底水是冰凉的，我看到卢姐额头上汗珠不停地往下淌，分不清是浪水还是汗水，湿润了她红通通的面容，我听到她气喘吁吁，便问她："卢姐，你能撑得住吗？"她坚定地说："能。"刚到北岸，忽然听到敌机轰鸣，俯冲江面，又扫射又投弹，爆炸声不断。紧急中，刚放下担架，卢姐立马扑到伤员小姜的身上。我抬头时，只见她已血流满面，血滴在伤员的衣服上，起身后，血又滴在江边的草地上，染红了一片碧绿的草枝。我立即给她剪了伤口周围的秀发，用三角巾包扎住伤口。

伤员小姜感激地说："卢护士，你舍身保护了我免受第二次负伤，谢谢你啊。"卢姐说："这是我应该做的，你不也救了那么多的伤员嘛。"

我们很快把伤员移交给江北接收站，要返回时，我让卢姐也留下，忘记了伤痛的她说："不，我还要接我哥哥呢，咱们快过江吧。"

临津江水依然咆哮着流淌，阻力丝毫没有减少，卢姐怕我淹着，仍然让我靠近她一些。我见她头上洁白的绷带已被浸渗的鲜血染红，在阳光的折射下，与江水掀起的雪浪花相呼应。扛着担架的老张不失他爽快的性格：“小卢，今儿个你多像朵红花瓣漂流在临津江啊。”“张大哥，别张嘴了，小心江水灌你。”卢姐有些羞涩地说。

有道是天有不测风云，尤其在敌人疯狂地封锁临津江时，更是瞬息万变。当我们来到南岸原来伤员所在处，急不可待地寻觅卢排长时，这里已被敌机轰炸得一片狼藉，深深的弹坑周围被燃烧成一片焦土。树木被烧焦，残留的树桩竖立着，有的冒着未尽的黑烟，地上不见人的踪迹。我们被这种情景惊呆了，大家不停地寻找着、眺望着，卢姐难以自控激奋，肺腑撕裂般吼了一声：“大宝哥，你在哪儿？”这呼声与临津江的涛声共鸣，回荡在峡谷里。一向坚强的她，泪如泉涌，身子趔趄着将要瘫倒，我当即扶着她，安慰着：“卢姐，别太难过了，英雄无愧，大宝哥已为捍卫临津江这片土地奉献了一切。”卢姐稍微镇静些后，哽咽着喃喃地向我和老张讲述了他们的家史：“我父母抗日时，在白洋淀打游击牺牲了，是哥哥从小在白洋淀小船上把我摇大的。他经常带我坐小船穿梭在芦苇荡里打鱼，夏天看淀里荷花，秋天采莲子，捞莲藕。我记得八九岁时，他要参军，把我寄养给村里邻居，我成了孤儿，开始吃百家饭。哥哥参军后，参加过解放石家庄、平津战役。北平解放后，他路过家时，见我长高了，便带我出来参加咱们军队，解放大西北。”老张说：“你们家是革命之家，也是光荣之家。”我由此知道，这世上，哥哥是卢姐唯一的亲人。在她心中，哥哥是天，哥哥是地，是为她遮风挡雨的大树，是领她走向革命队伍的引路人。过了一会儿，从悲痛中苏醒过来的卢姐，用袖头沾了沾挂满泪珠的眼睑，面容坚定地看着临津江。“卢姐，你看对面的山坡有几朵五颜六色的花儿向你笑呢！你平时不是爱花吗，防空洞都有你插的花儿，咱们去山坡摘吧，把它献给大宝哥，好吗？”卢姐听后欣然地说：“好吧。”于是，我扶着她向山坡走去，采摘那些不知名的战地小花，有黄的、白的，还有鲜红的。来到临津江畔，我们肃穆地向滔滔的江水深深地鞠躬，把花朵撒到江中，只见花自纷飞水自流，但江水此刻流得平缓，波浪时高时低，花瓣漂得有聚有散，好像不愿迅速离我们而去。

蓦地，我忽然看到从江北远远地飞来一只天鸟，它不惧隆隆的炮声，在上空悠悠盘旋，一会儿俯冲江面，一会儿直上蓝天。它敏锐地扑向漂流的花瓣，衔起一个小花瓣，又向我们头顶飞来，一声鸣啼，传来天籁之音，那片小花瓣随之忽忽悠悠地向下飘来。我伸手接住，拿给卢姐看，这湿漉漉的花瓣不知是沾上了江水还是带上了小鸟的泪水，我不解地问卢姐，没等卢姐回答，在一旁的老张说：“这兴许是来自祖国的一只信鸟，来和我们一起悼念临津江畔那些壮烈牺牲的勇士们，这其中就有小卢的哥哥大宝！”我说，是的，那一定是来自祖国的信鸟。我再看卢姐，泪水已经打湿了她的眼睛——那一双年仅17岁的女孩的眼睛。

原载于2014年2月14日《中国文化报》。

没有硝烟的胜利

1952 年 2 月初，朝鲜前线仍铺着厚厚的积雪，尤其在山谷松林里隐蔽的防空洞顶上，也像被白雪盖了床大棉被。硝烟被风雪驱散，空气清爽。夜，静悄悄。我提着一盏马灯，巡诊在伤员们静养的防空洞间，时而听到伤员们酣睡的呼吸声。我怕惊动他们，轻轻地踩着雪地，但仍揉搓出咯咯吱吱的动静。

宁静的夜空下，突然响起了敌机的呼啸声。我立马蹲下，将马灯掖藏在大衣里，严实地盖住微弱的灯光。只听敌机偷偷地盘旋两圈，没听到俯冲扫射和投弹爆炸声，敌机就飞走了。我正纳闷时，天曚昽地亮了。

只听石班长和关兰姐从老远喊道："小侯，快来呀！"我一边应声一边向她们跑去，只见山坡雪地上躺着一颗翻盖敞口的炸弹，弹壳里有多个格，周围还有冻死的小老鼠、蜘蛛和冻折了翅膀的苍蝇等。

班长诧异地问我："昨晚听到飞机投弹了吗？""没，见敌机转圈后偷偷溜了。"我说。雪地上还散落着五颜六色的传单，好奇的关兰姐伸手要捡，班长说："别捡，这东西可能有毒，马上到所部报告。"我气喘吁吁地赶到所部，当地的居民朴阿爸基也赶来报告，在山沟里捡柴时看到同样的炸弹。盛所长听到这一异常情况，立刻让我俩带路到现场察看。

所长是1937年入伍参加过抗日战争的"老八路"，他来到现场，察看后气愤地说："这是敌机投下的细菌弹，敌方借助小昆虫隐形的翅膀作媒介，传播病菌。记得抗战时，敌人在华北战场惨无人道地实施'三光政策'，向地道里投放毒气弹、细菌弹。"他当即让化验员采集样品，上送进一步检验，并亲自带领我们在冰冻的雪地上掘出深坑，将焚烧后的污染物和弹壳做了深埋处理。没过两天，友邻部队也发现了同样的事。

这些真实情况引起了上级的高度重视。我们前线医务人员，不仅要为伤病员疗伤治病，还要展开一场看不见硝烟、听不到枪炮声的反细菌战。

不久，从国内增派的一批防疫骨干补充到我们前线救护所。年富力强的韩医生是传染病防治方面的专家，随他来的还有经抚顺瓢儿屯东北军区卫校培训的十多名护士。所里成立了由韩医生任组长的防疫组，并安排他在防空洞里给我们讲解对传播媒介消、杀、灭的方法，以及防疫人员自身防护等知识，使我们增加了打赢反细菌战的信心。

一天，韩医生领我到外南洞药材仓库领回预防霍乱、伤寒等疫苗和消、杀、灭方面的药品器材，打防疫针已成为我们的首要任务。

为了做好给大批部队人员预防接种的安全保障，掌握好接种疫苗后的反应，所里决定先在我们防疫组中试种。韩医生身先士卒，让护士小曹给他打第一针，我们也争先恐后地伸臂让韩医生试种。不料注射当天晚上，小闻发热 38 摄氏度，我 37.5 摄氏度，细心的韩医生一边给小闻用冷水毛巾物理降温，一边耐心地说："别担心，这是注射预防针后，产生抗体免疫过程中的正常反应。"没过两三天，我们几个有反应的都退了烧，恢复了正常。韩医生以科学的态度率先试种，了解防疫疫苗的反应，为我们做好这项工作摸索出了经验。

此后，所里决定由韩医生带队，先到后勤运输连开始预防接种。刚到运输连，有的战士听说要打针，不解地问："没病打什么针呢？"有的说："打针臂肿，怎么开车把方向盘呢？"听到这些反映，韩医生给大家做了耐心的讲解宣传。

在朝鲜战场上曾多次冲破敌机封锁线，已安全行车上万公里的功臣老胡听了动员后，第一个带头打防疫针，并说："咱汽车兵流动大，别把敌人施放的细菌弹传染病带到后方去。"老英雄的精神让我们肃然起敬。韩医生根据打针后可能出现的反应，决定分批打预防针，做到运输、打针两不误。

在高炮营阵地打针时，有的战士逗趣地说：“敌人的硬翅膀飞机被我们打蔫儿了，现在又改头换面，用起夜间投放带菌的软翅膀昆虫细菌弹的方法来了。打铁要看自身硬，医护人员给我打预防针，我们也增添了新的隐形翅膀来对抗敌人。”

后来，所里又派我们到前线给构筑防御坑道的五六九团三营打预防针。出发前所长说：“三营是五次战役中突破临津江猛插敌后，坚守阻击敌人，被十九兵团授予‘道峰山营’光荣称号的英雄营。你们去了，不仅要完成任务，还要向功臣们学习战斗精神。”所长的一席话使我们兴奋不已。

到该团后，接待我们的是年仅 19 岁的卫生队防疫干事董春发，他比我高出半头，浓眉大眼，精明强干。他听到我们的来意后，爽快地说：“傍晚后上九连阵地。”

夕阳西下，镰刀似的月牙儿挂上了树梢，洒下稀疏的银光，给我们引领方向。茅草铺满山坡，弹坑密布。走在我前面的小曹一不留心踩入一个弹坑，摔进坑底，我急忙上前搀扶她，见她双手紧抱装有疫苗的十字包。董干事问：“伤着没有？”她说：“只擦破了点儿皮，不要紧，疫苗没摔坏。”

我们来到坑道后，一个稚嫩、长着娃娃脸的小战士对董干事说：“卫生员，我长这么大没打过针，怕疼，别给我打了。”“看你这出息样儿，上‘道峰山’都不怕，还怕打针？”董干事说。韩医生给大家讲解了预防接种的重要性，消除了大家的顾虑，一班老班长说：“打预防针，也像咱们建防御坑道一样，只有保护自己，才能消灭敌人。”他的比喻更让大家恍然大悟。

坑道里的小煤油灯蓝火苗晃动，映照着大家的脸庞。为了打赢细菌战，老班长带头打预防针，刚才还怕疼的小战士唯恐落后，立马脱去衣袖，伸直手臂，让我给他打了针。我们分批给轮流施工的勇士们顺利地打了预防针。由于成功的预防，我们医院后来没有发现一例急性传染病病例。

在朝鲜战场上，我们英勇无畏的志愿军指战员，不但粉碎了敌人一次次炮火的进攻，同时以高度的警惕性识破了敌人细菌弹的阴谋，打赢了这场没有硝烟的战争。转眼间，那场战争已经过去了 60 多年。每当回忆起那段激情燃烧的岁月，我这个耄耋老人仿佛又重返青春时代，心中充满了战斗豪情和对祖国、对军队的炽热深情。

原载于 2019 年 6 月 3 日《解放军报》。

女兵过河

从防空洞向外望去，出乎意料，天空冷不丁飘起了雪花。雪下得好大呀！纷纷扬扬、飘飘洒洒，像一张无边无际的大网，网住了天空，网住了群山，也网住了我一颗焦躁不安的心。前线战火燃烧，硝烟弥漫，炮弹的爆炸声不时传来，野战救护所的医护人员正待命出发。

那是 1951 年的冬季。

朝鲜三八线马良山、高旺山一带，防御战即将开始。上级要求野战救护所向前靠近，以便及时抢救伤员，全所从药品、器材到生活物资都做了充分准备。这时，恰巧从国内补充来十名新卫生兵，男与女各五名，年龄大多是 15 岁，其中最小的闻淑莲刚 14 岁，分配到女兵班后，和原来五名女兵组成了十姐妹。十姐妹女兵班备受关注，瞧，她们个个儿英姿勃发，天真活泼，像一群可爱的小天使。

班长是1949年入伍、年仅18岁的北京姑娘石景云。她看到初来乍到的小闻，问道："你家是哪儿的？"

小闻回答："沈阳郊区林盛堡那旮旯！"

石班长又问："在哪儿培训的？"

小闻答："飘儿屯那旮旯！"

这个沈阳小女兵言语中常带这旮旯那旮旯，同志们风趣地称她"小旮旯！"

石班长看到小旮旯天真活泼的样子，又问："你这么小年龄入朝参战，爹妈舍得吗？"

小闻怔了一下，脸上露出淡淡苦色，然后说："从我记事起，小鬼子占领东北，父母领着我和弟弟到处流浪、讨饭，从沈阳一直逃荒到黑龙江、大兴安岭碾子山、头道沟。父亲积劳成疾，我8岁那年父亲溘然去世。1949年后，我们回到沈阳郊区农村，母亲领着7岁的弟弟改嫁。我跟着姥姥相依为命，艰难度日。我读小学五年级时，赶上部队来学校征兵，招收卫生学校学员。前线需要，我就和班里几个女生一起报名参了军。当时，美国侵略者已把战火燃烧到鸭绿江边。我们经过几个月的短期培训，奉命奔赴朝鲜前线。"

我听了小旮旯的讲述，伸出拇指说："你人小志气大，好样儿的！"

按原定计划，救护所出发是夜间行军，突然接到上级通知，吃过早饭就要出发。有人纳闷儿，问班长："过去都是夜间行军，这次怎么改成白天行军啦？"

石班长回答："外边下雪啦，雪雾天气，敌机来的机会极少，是我们行动的好机会。"

女兵班十姐妹同救护所的同志们一起，冒着风雪，翻山越岭，很快来到了三家里附近的一条河边。这条河上仅有的一座桥已被敌机炸断，河面有百十米宽，河水湍急，飞舞的雪花笼罩着河面，眼前一片苍茫。我担心女兵班的十姐妹能否蹚过眼前的这条河。

石班长走过来，对我说："小侯，你和小闻一般大，你是男子汉，帮她背点儿东西！"她一边说着，一边把小闻的药箱挎到我的脖子上。我对石班长说："放心吧，我一定把小旮旯的药箱带好。"

小闻那双水灵灵的大眼睛望着我，目光里饱含感激之情。

所领导挑选几名身强力壮又会游泳的男兵下河探路，探索出一条过膝深的过河路线。正值寒冷的冬季，河水冰冷刺骨，但任务紧急，必须过河前移！大家团结互助，保护好脱下的衣裤、炒面袋、药品、器材不被河水浸湿。男兵们个个儿临危不惧、争先恐后，踏冰雪过河，行动快的已蹚过河到达对岸，又返回接迎女兵，并呼喊着："我来背你们！我来背你们！"女兵们不甘示弱，大声喊道："我们自己过，我们能行！"十姐妹齐刷刷地在河边脱下棉裤、袜子、鞋，捆绑在背包上。两人一伙，手拉手蹚着冰冷的河水，迎着翻滚的浪花行进。雪光水色映衬着她们绿色的军装，宛如一朵朵青莲。班长关心地问：“小旮旯，在家蹚过河吗？”小旮旯说：“我们那旮旯没有河。”

“那你同卢维廉大姐结伴互相照顾。”班长说。卢维廉和小旮旯刚一下水，冰冻的河水一下子像钻透了骨髓，腿上的肌肉像抽筋一样地疼，脚底光溜溜的，不知是冰块还是河卵石，脚掌脚趾被冰水冻得难以伸直，往脚心抽缩，深一脚、浅一脚，艰难地往前行走。

我先蹚过河，放下携带的器材，立即返回，见到小旮旯，便急忙拉着她，把她架起，只见她已冻得发抖，但仍坚强地硬挺着，不叫一声冷。石班长负责组织大家过河，她是压后阵蹚水的，但由于她个子比较小，走到深水处，河水已快浸到她的大腿根了，她紧紧跟随在我和小旮旯的后面，还为我们加油鼓励。这时，小旮旯感到小肚子下一阵阵疼痛，我说：“你肚子可能受凉了。”小旮旯坚持着。这时，石班长发现小闻的大腿根直往下流殷红的血，血一滴滴地滴在清澈的河水里，霎那，恰如一朵大莲花向外扩散，随河水漂流。石班长看在眼里，急在心里，说了句：“小旮旯来例假了。”我听后以为石班长说小旮旯“离架”了，便说：“我们一直架着她呢，没离开她，她没离架。”

石班长说：“傻小子！你不懂，胡说什么呀！”不多时，我们到达对岸，班长叫几个女兵围过来，帮小旮旯穿衣，关切地问：“小旮旯，你是第一次来例假吗？”小闻说：“我不知道什么例假。是冻的，肚子痛。”班长告诉她，这是女孩子生理成熟的开始，叫例假。说完拿来救急包，帮她清理，并嘱咐她注意讲卫生，预防感染。小旮旯对班长的关照非常感动。尽管天寒地冻，但战友情温暖着十姐妹，她们在雪幕中英姿飒爽，展现出女兵的风采。

我望着流动的小河，因飞雪的到来而更加生动、更加精彩，那闪烁的浪花向我微笑，哗啦哗啦的流水声，传递着中朝友谊。

十姐妹和救护所的同志们蹚过冰冷的河水，到达目的地——大乌里。石班长兴奋地说：“咱们唱一首歌吧，小侯，你来指挥。”

我起了一个头，指挥大家唱起来：

“嗨啦啦，嗨啦啦……天空出彩霞呀，遍地开红花呀，中朝人民力量大，打败美国兵呀……”

歌罢，不知是谁逗乐地说：“是啊，遍地开红花，连这冬季的小河也绽开了红花。”

我发现，小闻的脸腾地一下变红了。石班长嗔怪道：“去你的，别和志愿军女兵开玩笑，这血染的小河，留下了女兵永远忘不掉的记忆。”

河岸，爆出了一片开心的笑声……

原载于2019年4月11日《中国文化报》，2019年11月《军体之友》转载。

三八线上的采花姑娘

三八线的春天并没有因为战争的残酷而姗姗来迟，依然准时地来到硝烟笼罩的群山之中。

当防空洞周围的残雪消融殆尽，化作白云亲吻天上的太阳，大山里，“春在枝头已十分”了。瞧，山山岭岭，沟沟壑壑，早梅喷霞，迎春吐金，金达莱迎风怒放，各色的野花争妍斗艳，似乎都静静地等待着一位天使般可爱的采花姑娘。

风，把浓郁的花香送进防空洞。是的，防空洞里黑暗、潮湿、阴冷，可是，野战救护所的志愿军官兵和伤员们，都嗅到了春天的味道。

“小侯，走，到山坡上采花去！”她面带微笑地走到我的身旁，口中还轻轻哼唱着“革命人永远是年轻”。她是刚满 17 岁的护士卢维廉，比我大 3 岁，我习惯称她“卢姐”。接连几日，我跟随她到山野里采花，将芬芳的鲜花送到伤员床前。伤员们对卢姐这位体贴入微、善解人意的姑娘感激不尽，有的称她为“花神”，带来了春天的色彩。有的夸她是“天使”，带来了花儿的芬芳。她却对伤员们说：“你们应该感谢大山里的花儿，是山花给你们带来生命的春天。”

“卢姐，再等一会儿，我负责护理十几位伤员，手头上的活儿还没干完呢。”我连忙说。

“你真笨，死猴子，我来帮你。”说完，她就帮我给伤员清洗伤口，换药布。她忙活了一阵子，脸上沁出了热汗，我突然发现，她躲在防空洞的旮旯里，偷偷照小镜子。我情不自禁地夸了她一句：“卢姐，你真好看！”

她瞪了我一眼，说：“小屁孩，你懂啥？别瞎咧咧。”

我和卢姐站在防空洞口，准备上山采花，我俩发现敌人的侦察机在天空盘旋。不一会儿，敌人的轰炸机飞过来，一阵狂轰滥炸，大山里，烟雾弥漫，火光四起。待防空洞周围恢复了暂时的宁静，我们便趁机上山采花去。

太阳高悬在天空，给苍茫的群山洒下了金色的光影。山坡上，暖融融的春风吹过来，让人倍感惬意，许多叫不上名来的野花咧嘴笑着。这当儿，有几只叫不上名来的小鸟从天空飞过，其中有一只小鸟可能是被敌机炸伤了，红豆般的血，滴落在山坡上的花蕊里，卢姐弯腰采花时，小鸟的血染红了她那纤细的手指。

我偷偷打量了一下在山坡上采花的卢姐，只见她穿着一身浅黄色的戎装，苗条的身材和可体的军衣，使她显得英姿飒爽，那么精神，那么漂亮，她不愧是战地的“女神”。军帽掩盖住了她那一头秀发，只露出两根玲珑的羊角辫，辫梢上扎着好看的蝴蝶结，透出少女的稚气和纯净。帽檐下那一双水灵灵的大眼睛，明亮、清澈，透着聪慧，黑宝石般的眸子，闪烁出刚毅和坚定的神韵。眼前的她，简直就是一幅美轮美奂的油画。

不多时，我看见山谷羊肠小道上，几副担架鱼贯而来，便喊了声：“卢姐！你看阵地上又送伤员来了。”正在采花的卢姐仰头一瞧，便喊：“小侯，咱们抢救伤员去！”

我俩急忙跑回所里的急诊室。

送伤员的同志介绍：“这位伤员是我们四连指导员，他在阵地潜伏时，遭敌机投掷的燃烧弹烧伤了，为了不暴露目标，他咬紧牙关，忍受剧痛，纹丝不动。等敌机飞离后，他艰难地向稻田爬去。战士们赶到后，立即扑灭了他身上的火焰，但因伤势过重，他已昏迷。”

野战救护所的医务人员，立即对这位烈火烧身无所惧、舍生忘死保家国的英雄进行全力抢救。医生吩咐卢姐和我负责给英雄清伤。卢姐小心翼翼地为英雄清洗两条血肉模糊的下肢，她被英雄顽强的意志震撼了，这是她第一次遇到伤情如此严重的伤员。我发现，她一边为伤员清洗，一边轻轻问：“指导员，疼吗？”昏迷中的指导员偶尔睁开眼睛，看一眼身边的卢维廉，目光投向卢姐辫梢上那美丽的蝴蝶结。

我负责给指导员清洗上身，烧焦的军衣和流血的伤口粘在一起，必须一点一滴地精心清理。当清洗后背时，我和一名担架员扶起指导员，没料想，指导员的一只手碰到卢姐辫梢上的蝴蝶结，她腾地一下抬起头来，望着坐起来的指导员。指导员最后看了卢姐一眼，安静地闭上了眼睛，再也没有睁开。

卢姐和我给英雄清洗干净，包扎好，而后，卢姐让我到管理处领来一身崭新的军装，给英雄穿好。我俩和担架员一起，将英雄送到平安南道地镜洞山坡的松林里安葬。

此时，夕阳衔山，西边的天际出现金达莱一样红彤彤的晚霞，霞光透过苍翠的松枝，斑斑驳驳地洒落在地上，也映照着松林里新堆起的一座坟茔。

卢姐在山坡上采来一束鲜花，放在墓前，自言自语地说："让鲜花陪伴着英雄安眠吧。"

我默默地站在墓前，感觉淡淡的花香扑面而来，心想：卢姐这位采花姑娘呈现给英雄的不仅仅是山野里的鲜花，还是春天的色彩，春天的韵味，春天的生机，与之为伴，英雄不会寂寞，不会孤单……

一壶水里的血染岁月

这个夏夜，战地山谷里蝉音刚息，蛐蛐得以自鸣，萤火虫飞舞，伴我在松林羊肠小道前行。而我，依然挎着水壶，拎着马灯，履行着为防空洞伤员按时巡诊、送水、送药的任务。

因夜静，有的伤员已经睡着了，他们的鼾声飞出洞口，预示着身体已然无恙。可在三号防空洞，伤员们似乎还在议论着什么。于是，我掀开三号洞的草帘，给重伤员张辉喂服两片磺胺，他好奇地问："卫生员，今儿个怎么没听到敌机飞过的声音呢？""是吗！我光忙活了，没留意这事。"说完，我返回治疗室时，正遇到来接班的卢护士，她也说："今天没听到过一次防空报警鸣枪呢！"

在三八线前后方，几乎天天听到敌机来去的声音，尤其是这里有一种被志愿军战士称为"黑寡妇"的侦察机，它无时无刻不在战地上空飞来飞去。可今晚，战地上空竟没有了它的呼啸声，所以大家感到异常，议论纷纷。

原来，今晚战地意外寂静，是为了即将迎来的7月28日黎明。可不嘛，东边山岗上，一轮红日正爬上树梢。

通信员小刘急匆匆地来到治疗室，他通知说："昨晚停战了！胜利了！"听到这个重大好消息，我俩十分高兴，一蹦好高！他又告诉所长，让伤员们准备行装，同时让我们帮助每个伤员将水壶灌满水。

我立马和卢护士分头到伤员们所住的防空洞，通知他们停战的好消息，同时收集伤员们的水壶，灌上水。伤员们听到这个好消息后，高兴得忘记了伤痛，重伤员张辉兴奋地与战友唱起："雄赳赳，气昂昂，跨过鸭绿江！保和平，为祖国，就是保家乡。中国好儿女，齐心团结紧，抗美援朝，打败美国野心狼……"

伴着歌声，我开始收水壶了。有的伤员问："要水壶灌水干吗？有行动吗？"有的说："没有行动也得天天喝呀！""是的，水是生命之源。"我回答。霎时间，我收集了几十个空水壶，卢护士也背着不少水壶，在后面喊："小侯，等等我。"我们背着水壶直奔地镜洞村头山崖下的一眼泉水，只见清透的泉水不停地涌动，一溪清澈的流水向南流入临津江……

当我把一个个水壶灌满水时，地境洞房东家的10岁小女孩朴贞子看见了我，她机敏地跑回茅草屋，好像去取什么东西，然后来到泉水边，用葫芦瓢帮助我往水壶灌水。天真的小贞子问：

“基温贡（志愿军）叔叔，你们灌水壶要卡捎（走）吗？”“是啊。”我回答。在小贞子的帮助下，我们很快灌好水，小贞子还头顶着大水罐，在山坡羊肠小道上行走。小风吹起她的粉红色裙子，轻飘飘地，她宛如一只蝴蝶，在盛开的金达莱花丛中飞舞。

伤员们看到小贞子顶着水罐把水送来，一个个兴奋地喊：“高马思密达（谢谢）。”伤员张辉刚来时认识了小贞子，知道她会唱歌跳舞，便邀贞子为大家唱歌，跳朝鲜最著名的阿里郎。小贞子听说停战了，基温贡（志愿军）要带着她灌的水壶回国，便落落大方地在防空洞前的松树下唱歌跳舞：“阿里郎，阿里郎，阿啦里郎……”伤员们高兴地喊：“巧斯米达（唱得好跳得好）。”歌罢，她又到山坡采摘金达莱花，献给基温贡（志愿军）叔叔。

那天上午，我们陪同伤员乘车，这次，我们再也不用防着美军的“黑寡妇”了，光明正大地奔赴平壤火车站。一路上，我们看见了被炸毁遗弃的坦克、汽车残壳等，在不远处，我们还见到了平壤市民，他们在废墟中建的简易棚上，插着朝鲜红蓝相间的、有五角星的国旗，以庆祝战争的胜利。

傍晚，突然高炮射向天空，光芒四射，这是军民庆祝停战胜利的声响。我们同伤员一起，不约而同地欢呼胜利，又齐声高唱：“咳啦啦啦啦，咳啦啦啦，天空出彩霞呀，地上开红花呀，中朝人民力量大，打垮美国兵呀！全世界人民拍手笑，帝国主义害了怕呀……”火车站附近的居民们看到这么多志愿军在站台等车，他们激动地高喊：“高马思密达（谢谢）。”朝鲜阿妈妮用双手从头顶托下水罐，用葫芦瓢往我们的茶罐里倒，她们说：“这是平壤大同江的木尔（水），甜着呢！基温贡（志愿军）喝吧！”大家喝着甜甜的江水，情不自禁地喊：“马喜一捎（真好喝呀）！”

这时在站台突然亮起一束光，这是从火车头上闪来的，停战了，漆黑的午夜，火车头也敢亮起大灯光，不惧怕空袭了。在压抑了很久的战地夜晚，终于敢正大光明地前进了。不一会儿，火车停下来。我们有序地上车，将携带的水壶、背包物品安置就位，车门掩上，只见车厢侧上方小窗上有一束亮光闪烁，随之而来的是一声炮响，那是欢庆胜利的声音。不一会儿，车厢边吹来哨声，火车微微开动了，战友们同伤员们兴奋地谈笑起来：“没想到停战后能乘火车回祖国，听这火车‘咣当咣当’的声音，正为我们演奏胜利乐章呢！入朝时，我们背着祖国鸭绿江的水入朝，今日胜利了，我们携带着朝鲜地境洞的一壶水凯旋！”

归国途中，我和志愿军战友们各自挎着军用水壶，水壶里装满了水，可是谁都舍不得喝一口，因为水壶里的水融入了中朝两国人民的友谊，记录了朝鲜战争血染的岁月。

这时，我又捧起水壶在耳边细听，我仿佛听到了临津江的涛声、阿妈妮的笑声和小贞子的歌声……

原载于2020年8月4日《中国财经报》，2020年8月《军休之友》转载。

凤凰山下的爱情

凤凰山真是太美了！如果把丹东这座城市喻为鸭绿江边一位楚楚动人的淑女，那么，凤凰山就是她腰间一块玲珑剔透的碧玉。

朝鲜战争停战后，我们野战救护所全体成员，随归国的志愿军部队进驻凤凰山脚下的吴家崴子村。盛夏的凤凰山朝披霞霓，暮浴夕照，峰谷幽深，树木苍翠。

刚到驻地，我曾好奇地问房东吴大爷，村后的大山为啥叫凤凰山。吴大爷告诉我，山上有个洞，洞口有个圆圆的鸟蛋样的石头。传说，唐太宗李世民沿着蜿蜒山道走到此处，看见这块儿石头觉得好奇，想探个究竟。于是，他派大臣用棍子往洞里捅，洞里突然飞出一对凤凰，从此当地群众把这座山称作凤凰山。这之后，凤求凰的故事，像凤凰山里会唱歌的花溪水，流到了遥远的地方。

那天，我问救护所的护士卢维廉：“卢姐，啥叫凤求凰？”卢维廉对我这个冷不丁的提问感到很突然，她军帽下俊俏的脸蛋泛起淡淡的红晕，然后睁大眼睛瞪了我一眼：“小孩子问这干吗？”说完，她转身走了，那可体的绿军装和苗条的身影消逝在我的视野中。这位英姿飒爽的志愿军女护士刚满20岁，经过战争的洗礼，她的青春花季多少还带着一点儿火药味。

这时，我们班邬子江急匆匆赶来，手里拿着一封信，对我说：“从凤城县赶来的张所长让我把这封信转给你。”

我打开一看，信中还有一封信，信皮上写着请把信亲交卢维廉。噢，是让我当二传手！我立马来到护士室，把信送给卢姐。

卢姐惊讶地说：“抬头不见低头见，写什么信呢？我不看。”我说：“卢姐，你不能不看，万一有重要事呢！”

“忙着呢，我要去给伤员换药。”

“我替你去换药，你先看看信，人家在所部等你呢！”

说到这儿，通信员小刘来了，对卢维廉说：“所长、教导员叫你到所部，快走吧！”

卢姐走后，我背上水壶，端着医疗盘到村民家给伤病员送口服磺胺消炎药，处置伤口。

一回来，我见卢姐坐在土炕沿上，默然不语。一向天真活泼的她，此刻似乎正为心事烦忧。卢姐告诉我，她去了所部后受到

“三堂会审”。盛所长、贾教导员和军卫生部来的张书诚同志一起和她谈婚姻问题。

张书诚是1940年入伍的“老八路”，晋察冀白求恩医校毕业，入朝后，担任过野战救护所的所长，是卢姐和我的老领导。今日，张书诚从凤城县赶来，是请所长、教导员当月老，想和卢维廉处对象。卢姐羞得啥也没说，只“嗯”了一声，敬了个礼，一溜烟跑了。

就这样，从抗美援朝战场胜利归来的张书诚和卢维廉开始了恋爱生活，恰似凤凰山上的雾，有一种朦胧的美。作为战争的幸存者，他们更懂得生命的意义，更珍惜战争胜利后的爱情。战友们都羡慕这一对恋人，赞扬他们说：“战争的暴风雨袭来，他俩奋不顾身冲上前线，把生死置之度外。风雨过后，他俩一起迎接美丽的彩虹，享受爱情生活的甜蜜。”

张书诚与卢维廉虽然是初恋，但他俩可以说是老相识了。从1951年初入朝，经五次战役和以后的防御阻击战，到1953年停战后回国，两人在野战救护所共事，彼此很了解，所以他俩的恋爱如深水无波，平静地流淌。

那个难忘的周日，张书诚从凤城县城翻山越岭赶到吴家崴子村与卢维廉相会，没料到遇上一场滂沱大雨。雨借风势，倾泻而下，覆盖了凤凰山，笼罩了吴家崴子这个小山村。直到天黑，雨才停了下来，那一段段羊肠小道已被黑沉沉的夜色淹没。张书诚在救护所借来一盏马灯，踩着山道，翻过黑黝黝的山，下半夜才返回军卫生部。张书诚记得，在炮火纷飞的三八线，他经常提着马灯夜间巡诊，灯光照亮了一个个隐蔽的防空洞。今夜，为了爱情，马灯照亮了凤凰山崎岖的山路，也照亮了一对军旅恋人崭新的生活。

卢维廉和张书诚在战友们的簇拥下，就在吴家崴子村农家小院举行了婚礼。婚后他俩夫唱妇随，一起到了边防部队医院工作。战友们说，凤凰山里，一对军中凤凰飞走了。

岁月的风，把凤凰山上的云一次次吹走、又一次次吹来，却始终没有吹走我对凤凰山刻骨铭心的记忆。凤凰山神奇、灵秀、美丽，但比凤凰山更美的，是从抗美援朝战场归来的志愿军官兵的爱情故事。

原载于 2019 年 9 月 14 日《中国国防报》。

回望临津江

（一）

朝鲜半岛中部有一条著名的三八线，它的附近是南北方停战的分界线，朝韩双方后撤 2 公里作为非军事武装地带。现在各方规划旅游观光区域，韩国的这个区域位于汉江最大支流——临津江的下游江畔南。

临津江，从远古时期就以深沉的母爱和血脉之乳滋养丰润了两岸，孕育了两岸文明。人们在河岸边扎下根基，建了村庄，开垦出田地。它没想到同饮一江水的人们却被三八分界线隔离着，只能隔江相望。但它仍然尽情地牵挂着同族兄弟的手足之情，闪现出灿烂之光，吸引着无数游人慕名而至。我，一个志愿军老兵更对它情有独钟，被临津江魂牵梦绕了半个多世纪，在古稀之年，有幸拜谒临津江，打捞久远的往事。

（二）

2018 年 12 月 21 日，隆冬季节，我们团队 40 余人从北京出发，前往韩国，飞机直飞韩国中部清州市。在机场迎团的林姓中年女导游，老远就高举着一面顶着小布老虎的引导旗，热情地迎接我们。刚上旅游大巴，她便用汉语流利地做起自我介绍："我是朝鲜人，出生在沈阳，从小随父母到甘肃平凉工作，20 世纪 90 年代初又同父母回到原籍首尔。今天有缘接待来自第二故乡中国的游客，非常高兴。"她的开场白一下子消除了大家之间的陌生感，拉近了我们之间的距离。之后的几天里，导游带领我们先后游览了清州的古迹印刷博物馆、花卉生态园，首尔的青瓦台、景福宫等景点，还特别参观了泡菜学校，穿韩服，亲自制作了一次特产泡菜，真正体验了一次韩国民俗风情。

（三）

最后一天，我们要到三八线非武装地带去参观临津江风景区。首先前往距三八线仅 44 公里的临津阁。大巴车驶过首尔汉江大桥，朝东北方向驶上一条坦荡的公路，据说是因当年交换战俘所经之路而得名。车内暖风拂面，车外寒意料峭。广袤的原野上弥漫着淡淡的雾气，大地一片枯萎，路旁树木上的枝叶已被寒风吹落，裸露着虬枝，远处一片白雪皑皑。欣赏间，车已到达山下的停车场。

登上临津阁，顺着导游手指的方向，我们看见右前方有一个亭阁，亭阁中挂着一口用废弹片铸成的大警钟，上示“祈愿和平”。不远处还有一处祭奠塔，用汉字写着和平祝语，因南北分裂，常年见不到失散亲人的人便会在此处追思缅怀。一辆锈迹斑斑的旧式火车头静静地停在站台上，站牌上大大的汉字“临津阁站”已明显陈旧。站在展望台上俯首临津江，一座灰白铁桥横跨两岸，却无人影车踪，桥下岸设有铁丝网护栏，人们只能隔岸翘首凝望，严寒使江面冰凌浮游，清澈的江水缓缓流淌着，60 年过去了，每每参观至此的人们，只能让无奈的思绪随着临津江水流向远方……我觉得在冬天能称得上风景的地方是非同寻常的。冬天的临津阁的魅力不在自然风光，大概是缘于其军事分界区的沉默无语和临津江两岸的凝视吧……

（四）

沿临津江南岸公路向下游行驶，分界线看得更清楚了。车右侧靠近江边铁丝网隔离带，不多远便可见一个个观察哨楼。江面越来越宽，岸边山峦叠嶂。一会儿工夫，我们到达了乌龙展望台。它位于一个小山丘上，山下是临津江与汉江的汇合处，水面一泓，一望无际，江水汹涌澎湃。展厅里的沙盘展示着三八军事停战分界线图形，让人们更直观地领略分界线实况。据介绍，三八线没有全部确定为分界线，实际上只有 270 多公里。东段向北过三八线的部分区域属于韩国管辖，西段向南过三八线的部分地区归朝鲜。我们参观的这一区域临津江就是西段与朝鲜分界区。为了让游客了解朝鲜情况，展厅里设置了模拟区。我们走上展望台顶层遥望对岸，有的游客用望远镜眺望着，似乎想寻觅出一些久远的记忆……我被他们的执着感染，不由自主地讲起对岸的场景。

（五）

2018 年 6 月，我和老闻等几个志愿军老战友曾到朝鲜寻找回忆。到了位于临津江北侧三八线的历史名城——开城、板门店停战签字地遗址参观。时值盛夏，分界线的隔离带植被丰厚，郁郁葱葱，好似一条绿色长城，宁静地延伸向两端。两边各有国旗迎风飘扬，旗杆足有 170 米高，直入云霄。在那里，一位大尉军官介绍了当年的情况，谈判双方从 1951 年 6 月起边打边谈，足有七百余次。历经两年多，终于在 1953 年 7 月 27 日实现了停战。至今，签字大厅和会谈室仍然保留着原貌，作为历史见证，警示人们勿忘战争，珍惜今天来之不易的和平环境。

（六）

回望临津江，我总感到亲切，没有一丝陌生。赴朝韩旅游前，我曾与几位耄耋之年的志愿军老战友联系，告知他们我的行程。夏天到朝鲜，从三八线北面探访临津江，冬天到韩国，从江南回望临津江曾经战斗过的地方。因为这些老战友年事已高，有的身患心脑血管疾病，有的行动不便，心有余力不足，已难以同行。我的行程勾起他们对当年一起在临津江战斗过的回忆。我们卫生排的老排长、原第六十四军后勤部卫生处处长，现在大连干休所休养的董春发回忆说：“1951 年 5 月五次战役时，我在五六九团三营机枪连任卫生员，我们营和军侦宣支队在战役发起后，冒着敌人在临津江南岸炮火封锁的危险，突破敌人七次阻击，边打边插，插入敌后 120 里，攻占了道峰山，胜利完成穿插任务，我们营荣立集体二等功，志愿军总部授予三营‘道峰山营’锦旗。九连副班长张宝福在作战中接连炸毁敌军两辆坦克、四辆汽车，荣立一等功。”时任团卫生队队长，转业后任石家庄铁路医院院长的窦成和说：“五次战役时，我在临津江南前沿阵地，冒着敌人的炮火，抢救转移十名伤员时，涉水往返临津江多次，把伤员全部安全护送到军前线救护所。”时任二营卫生员颉兆林说：“我们营在临津江北岸担任高旺山防御战任务，敌人多次进攻，负伤的战士们经我们抢救后仍坚守阵地，不下火线，英勇顽强的作战场景至今让人记忆犹新。”

带着老战友的回忆和嘱托，我故地重游，心中感慨万分。回望临津江，我不仅带来了他们的回忆，也带来了他们对为坚守这片土地而永远留在这里的战友们的思念。临津江的滚滚江水延续着他们的生命，生生不息；滔滔水声就是烈士们日夜讲述着的往事，也是他们日夜在为和平而祈祷而祝福……我们看到了，听到了，感觉到了。回望临津江，我把这一切汇成思念与祝福，写成故事告诉你……

后记

能把自己的习作汇编成书，自然是件十分高兴的事。我在职时做医务工作，没有接触过文学等写作方面的知识，总感觉自己没有文化底蕴，那时候，写个发言稿都常常犯难，觉得无从下手。非常有幸的是，在我退休后，我结识了我们解放军总医院政治部原副主任乔秀清同志，他是作家、诗人、书画家，被大家尊称为“军中大秀才”。他还被家乡河北省安平县委、县政府评为“孙犁故里，文学大使”。在庆祝大会上，县长亲自给他颁发了荣誉证书。他经常回故乡，给家乡各个中小学的师生和县文联组织的文学爱好者座谈会做文学辅导报告，受到了广泛的好评。

乔秀清同志的文学水平让我敬仰，他为人襟怀坦诚，热心助人，在一次干休所组织的到大兴的春游桃园活动中，我认识了他，随即拜他为师，学习文学创作，当时，乔秀清同志畅朗地说："好啊！你想写点儿什么？"

我说，我想写我的军旅岁月，特别是想写抗美援朝战场上的故事。我说，在三八线西段阻击战取得胜利后，兵团文工团来我们部队慰问演出，遭敌机轰炸时，两位舞蹈小女团员一人阵亡、一人重伤。负重伤的卢叶君被送到我们前线救护所，经抢救手术后，陈医生吩咐我护理卢叶君，尽管小卢伤重，但她很坚强，没有喊一个疼字。经过几天治疗后，她的伤情稍有好转，我就背着她到山坡松树下呼吸新鲜空气，她曾看着对面山坡上漫山遍野的粉红色金达莱，高兴地唱起："嗨啦啦、啦啦嗨、啦啦啦……"那清脆铜铃般的声音在山谷回响，周围防空洞前休养的官兵们听到后，一起为小卢鼓掌叫好！我说我想写写小卢的故事。听到这，乔主任说："好，你写吧！就写这个故事！题目就叫《会唱歌的金达莱》。"

当我如实写出初稿后，乔秀清精心推敲修改完，发给《中国文化报》，不久，该报就配图刊登出来。第一次练习写作就能见报，我认为主要是乔主任选题选得好。之后10年间，我继续坚持学习写作，提高自己的写作能力，我每一篇稿件，在写作期间，从题目到内容，都送给乔秀清同志看，他细致地帮我推敲润色，还教我写作的诀窍。他说散文必有"我"，散文形散神不散，但不能跑题、走调，他还说散文写作要做到凤头、猪肚、豹尾。乔秀清教得细心，我也学得很认真。我经常登门求学，我这些发表了的关于抗美援朝的散文，篇篇都有他的心血。

我还要感谢著名作家王宗仁老师的指点，王宗仁老师指导我“写自己最熟悉的事物”。著名作家王贤根则告诉我，要“怎么想就怎么写”，让工作和生活融入文学创作。

我还要特别感谢《中国文化报》副刊主编红孩老师，他是中国散文学会常务副会长，他不仅创作忙，本职工作也忙，我的第一篇稿件《会唱歌的金达莱》就是经他的手修改、润色得以发表的，他不仅给予了好位置，还配了图画。这之后，红孩老师多次为我修改、刊发作品，并告诉我：“散文是说‘我’的世界，小说是‘我’说的世界。”

还要感谢《解放军报》原副总编辑李鑫、《解放军报》长征副刊编辑赵阳，感谢《中国国防报》编辑李媛媛、《中国财经报》主任宁新路、《中国艺术报》主任邱振刚、《军休之友》主任栾远军以及我所在的北京市海淀区五棵松军休所的张永斌书记和周玲副所长。这里我要特别提一下五棵松军休所负责宣传工作的程鑫和马国梁，他们帮助我打印校对了每一篇习作，帮助我给各位报刊编辑投稿，没有他们的帮助，我很难及时与报刊编辑老师进行沟通。还要感谢我所在的第二支部的吴波和书记，以及各位支委，是他们对我不断的鼓励和支持，才让我充满了创作热情，前行的步伐也才更加坚定有力。